孙尚香 传奇

刘晚春 著

北方文艺出版社
·哈尔滨·

图书在版编目（CIP）数据

孙尚香传奇/刘晚春著.——哈尔滨：北方文艺出版社，2023.3
ISBN 978-7-5317-5797-9

Ⅰ.①孙… Ⅱ.①刘… Ⅲ.①长篇小说－中国－当代 Ⅳ.①I247.5

中国国家版本馆CIP数据核字(2023)第022469号

孙尚香传奇
SUNSHANGXIANG CHUANQI

作　　者 / 刘晚春	
责任编辑 / 滕　蕾	装帧设计 / 树上微出版
出版发行 / 北方文艺出版社	邮　编 / 150008
发行电话 /（0451）86825533	经　销 / 新华书店
地　址 / 哈尔滨市南岗区宣庆小区1号楼	网　址 / www.bfwy.com
印　刷 / 武汉市籍缘印刷厂	开　本 / 880×1230　1/32
字　数 / 147千	印　张 / 8.25
版　次 / 2023年3月第1版	印　次 / 2023年3月第1次印刷
书　号 / ISBN 978-7-5317-5797-9	定　价 / 68.00元

前 言

　　这是一则被淹没在历史中差不多两千年前的故事——确切地说是一个女性的人生经历。她被命运左右，但没有谁比她更怀揣着爱，也没有谁比她更具有隐忍精神。她是伟大的，因为她的隐忍，历史的车轮得以平稳向前；因为她的爱，人间多了份欢喜与悲壮。

目 录

楔　子	001
第一章　移居北固山	003
第二章　情窦初开	006
第三章　乔国老做媒	009
第四章　吴国太相婿	013
第五章　铁瓮城斗剑	017
第六章　刘备求婚	021
第七章　事与愿违	025
第八章　陆逊献计	029
第九章　飞鸽传书	032
第十章　水上演练	035
第十一章　赵云搅局	039
第十二章　鲁肃探监	042
第十三章　奉命迎亲	045
第十四章　陆逊决斗	048
第十五章　孙尚香病倒	051
第十六章　鲁肃治心病	054
第十七章　哭成泪人	058
第十八章　且做局外人	060
第十九章　商定婚期	063

第二十章	巧设软禁计	066
第二十一章	荆州做陪嫁	069
第二十二章	洞房布阵	073
第二十三章	"乐不思荆"	075
第二十四章	打马北固山	079
第二十五章	悄治腿伤	083
第二十六章	比剑论英雄	088
第二十七章	江边祭祖	091
第二十八章	逃回荆州	094
第二十九章	博夫人开心	096
第三十章	想念东吴	099
第三十一章	一船娘家人	102
第三十二章	学走莲花步	106
第三十三章	刘备动怒	109
第三十四章	兄弟是手足	114
第三十五章	管家知错	118
第三十六章	选址建城堡	121
第三十七章	鲁肃借道	126
第三十八章	盛大婚礼	129
第三十九章	兵至岳阳	133
第四十章	开营拔寨	136
第四十一章	拔剑问刘备	139

第四十二章	周瑜妙计	142
第四十三章	箭伤复发	144
第四十四章	命悬一线	147
第四十五章	回天无术	150
第四十六章	寻访郎中	153
第四十七章	柴桑吊唁	156
第四十八章	肝肠寸断	159
第四十九章	怨气难消	162
第五十章	不辱使命	166
第五十一章	冰释前嫌	168
第五十二章	遣返管家	171
第五十三章	抚养阿斗	174
第五十四章	攻打合肥	177
第五十五章	扬鞭益州	181
第五十六章	将计就计	184
第五十七章	难舍难分	186
第五十八章	含泪回东吴	189
第五十九章	得胜回荆州	195
第六十章	吴国太后悔	198
第六十一章	心在荆州	202
第六十二章	花钱雇船工	204
第六十三章	探望小乔	207

第六十四章　联姻不成 210
第六十五章　水淹曹军 215
第六十六章　荆州失守 218
第六十七章　改道蜀地 222
第六十八章　难舍母女情 226
第六十九章　挂孝伐吴 229
第七十章　　欲哭无泪 234
第七十一章　管家许诺 237
第七十二章　以死相随 239

附　录　京口北固山上的爱情 242
后　记 245

楔 子

何处望神州？满眼风光北固楼。

千古兴亡多少事，悠悠，不尽长江滚滚流。

这是宋代词人辛弃疾的名句，因为这首词，天下人都知道了镇江北固山有个北固楼。但在民间，最为老百姓津津乐道的还数北固山上的甘露寺。

世人皆知刘备甘露寺招亲，孙权赔了夫人又折兵。有关刘备和孙权的故事，不管是正史还是野史，都有详尽记载，而对于孙权的妹妹、刘备"甘露寺招亲"的夫人——孙尚香的故事虽有流传，但文字记载很少，都是口口相传。为了还古代女子一个公平，给她一点发声渠道，笔者今天就抛开一切豪情壮志，专写一些儿女私情。

在镇江市区有座山，冠名北固山，此山不高，有前中后三峰，后峰高起，直插长江，尤为险峻；中锋如云中之梯，行走其上，如入仙林；中后二峰连为一体，三面临江，似卧龙盘踞。前锋平缓，紧邻街市，以此为地基，修筑铁瓮城。

铁瓮城又名子城或京城，始建于公元195年，是孙策统领东吴时建的,那时东吴的都城还在苏州。建铁瓮城的同时,孙策还派人拓宽秦始皇时代修筑的丹徒运河,由水道变航道,只可惜二者皆未完工,孙策便于公元200年遇刺身亡。临终前,孙策把江山托付给了弟弟孙权。孙权继承霸业,继续派人在京口(今江苏镇江市)日夜修建铁瓮城。从外面看,铁瓮城已和北固山分隔开,完全和街市融为一体,同时,把丹徒古运河也开凿到了北固山脚下,和长江相连。为壮大势力,铁瓮城完工后不久,孙权就把都城从苏州迁到了京口。随后,又派人把母亲吴国太和妹妹孙尚香也一起接了过来。

第一章 移居北固山

铁瓮城在北固山南侧,因形状似瓮而得名,北窄南宽,向南和西各开一门,城墙为青砖所砌,有三丈多高,南门是正门,又名鼓角门或谯门,城门之上有瞭望楼。门洞有6米高、5米宽、20余米深,铁瓮城——三个醒目大字,嵌刻在城门正上方的石额上,古朴而遒劲。西门是侧门,城门之上是普通的二层楼阁,但门洞的纵深和南门不差毫厘,同样在城门正上方的石额上有古朴而遒劲的三个醒目大字——铁瓮城。

这天,铁瓮城里锣鼓喧天,清冷的街面一下子热闹非凡,就见迎面有一队兵马浩浩荡荡开来,兵马中有轿夫抬着一顶蓝色轿子,轿子里坐着一位老夫人和一个十一二岁的女孩。女孩掀开轿帘,新奇的伸头朝外看,一边看一边问:

"娘,我们这是到哪儿了?"

"京口。"

"我们是住在这个城里吗?"女孩指着热闹的铁瓮城问。

"不,你二哥已替我们在京口北固山建好了房子。"

"为什么要把房子建在山上呢?"见轿夫穿过城门往山上走,女孩有些不明白。把房子建在山顶是老夫人的主意,因为老夫人喜欢清净，此刻见女孩发问，老夫人便随口说道：

"山上景色好。"

"有蝴蝶吗？"女孩问。

"有。"老夫人答。

女孩两眼放光，开始想象蝴蝶飞舞的样子。轿夫抬着她们，继续往北固山走，而那些护送的兵马就列队站在山脚。

北固山主峰不高，50多米，为了迎接老夫人和女孩的到来，在后山顶相对平坦处，已建了许多亭台楼阁。

轿内的老夫人便是孙权的母亲吴国太，而那位小女孩就是孙权的妹妹，名叫孙尚香。

此刻，碧眼紫须、周身散发着贵族气息的孙权已带领一帮家丁到山门口迎接。

孙权扶母亲下轿，然后，伸出胳膊，差不多是把妹妹抱下轿子。孙尚香调皮地在二哥面前比画着。孙权说："长得真快，不觉就到二哥胸口了。"

"我争取长得和二哥一样高。"孙尚香天真地说。

"那不成，女孩子还是小巧玲珑点好，就像我们的嫂子大乔那样。"孙权一本正经地说。

"不，我就要像二哥一样。"孙尚香倔强的样子把在场人全逗笑了。

"好好好，就依你。"孙权让步。孙尚香快乐地向前奔跑，一边跑一边扑抓路边的蝴蝶。

"这孩子整天在家叨念着要快快长大，长大了，要和你一样，我看没有谁比她更崇拜你的。"

听母亲这么说，孙权越发觉得孙尚香可爱了。

到甘露寺门口，孙权叫住了妹妹，要她随母亲一起进去看看。这幢坐北朝南、有独立庭院的三开间房是给吴国太会客用的。甘露寺北面是上下三层结构的北固楼，西面是两层结构的多景楼，东面有一独立的"秀苑"，给孙尚香住，西南面是给吴国太住的"安宁宫"。在北固楼和甘露寺之间有数十间回廊相连的房屋，作为下房，给仆人们住。多景楼和甘露寺之间也有一道纵向过道，有三道门，呈阶梯式相连，直通后山江边，且过道左侧有数十间错落有致的房子。空中俯瞰，北固山上的房子井然有序。

看过甘露寺，孙权就带母亲到"安宁宫"入住，接着又把妹妹送到"秀苑"。比起母亲的"安宁宫"，妹妹的"秀苑"要活泼得多，门洞是圆形的，不像"安宁宫"的门洞是一个繁体的恭恭敬敬的"門"字。母亲的院落以竹子为主，而妹妹的院落里处处是花草。最让孙尚香欢喜的是：院内有一个不大不小的水池，水池里除了栽有荷花外，还养有金鱼，那些鱼游动着身子，穿梭在荷叶间，煞是可爱。

安顿好母亲和妹妹，孙权这才下山回府。第二天中午，吴国太和孙尚香吃饭时，孙权又来到山上，问母亲和妹妹在山上住得可好？如果不好就搬到山下吴侯府，因为在铁瓮城的吴侯府里，孙权特地给母亲和妹妹留了住所。

"再没有比这儿更好的住所了，我是十二分的欢喜。"吴国太谢绝了孙权的美意，孙尚香也说喜欢。就这样，她和母亲相伴，住在了山上。

第二章 情窦初开

光阴荏苒，一晃就五六年过去了，孙尚香早出落成亭亭玉立的大姑娘。女儿长成大姑娘对母亲来说倒是个心事，因为该找婆家了。这期间，吴国太给孙尚香物色了几个东吴显赫人家的读书公子，但未等见面，就不了了之。孙尚香似乎没有开窍，整天就知道舞枪弄棒。像熟读诗书的苏家公子、能写善画的顾家儿郎等，媒人热心地送来了他们的画像，却没一个入孙尚香的慧眼。吴国太在女儿的婚事上也不想强求，毕竟强扭的瓜不甜。按吴国太的想法是找个读书人，和女儿性格互补，偏偏女儿不上心，孙尚香的婚事也就一拖再拖。所幸孙尚香自己倒不觉得年岁增长，一如既往地舞枪弄剑。见孙权在甘露寺下的江边操练兵马，有天，孙尚香就任性地闯到了哥哥的兵营。

这还了得，兵营里来了个天仙美人，士兵们的眼珠子都看直了，但知道她是孙权的妹妹——东吴的郡主后，又不敢露出半点猥亵之念，只得把口水往肚子里咽。孙权见妹妹闯入军营，很是震惊，但也不便发作，因为他也被妹妹的美吸引住了，他一直把妹妹当成小女孩，就是在甘露寺偶尔遇见，妹妹也是和她的侍女们在打打闹闹，何曾这般亭亭玉立拿一把可以当剑、又可以吹曲的短笛出现在自己面前。

"你跟我到营房。"孙权察觉出了周围空气的宁静和士兵们的异样，于是，快速带孙尚香进了营房。

孙尚香正好奇地四下张望，就听孙权严肃的责问道："你怎么可以擅闯到军营里来！"

"我想随哥哥在军中，做个女中豪杰。"孙尚香满怀壮志地说。

"女孩子怎可在外打打杀杀！怕你待在闺中无聊，让你在山上耍枪舞剑，现在你快回去。"见孙尚香不肯移步，孙权就说，"再不走，我就派人去把母亲请来。"

母亲是反对孙尚香舞枪弄剑的，如果她知道孙尚香私闯哥哥的军营，一定会把孙尚香关起来，要她学做女红。孙尚香虽是女儿身，但很怕做针线活，只好心有不甘地离开军营。

出营房，孙权又送了妹妹一程，然后站在江水边，对前来迎接孙尚香的侍从说："下次，你们再带郡主来军营，我就把你们丢到江里喂鱼。"四个侍从连连点头。训斥过侍从，孙权这才转身叮嘱孙尚香，口气出奇地温和："今天的事就当没发生，以后若想二哥，招呼一声，二哥随时到北固山陪你玩。"话说到这个份儿上，孙尚香自知以后再想来军营已是无望。

"算了，谁叫我不是男儿身呢！"孙尚香故意把衣裙束起来，然后，拿出短笛吹了一声告别长音，便阔步往北固山方向走去，没走几步，江风便把她束起的衣裙吹开。她索性就坐在江石上,看浪花翻卷,任江风吹拂。受滚滚奔流的江水感染,孙尚香试着用笛子吹江水声,吹到后来,竟不由自主地吹出了一首《诗经》里的《采葛》。

那人正在采葛,

一天不见他,

就像过了三月整。

那人正在采葛,

一天不见他,

就有三季长。

那人正在采葛,

一天不见他,

就如过了三年整。

曲终,孙尚香暗暗吃了一惊,她猛然察觉到,在她的潜意识里已暗生情愫。

"采葛,采葛,我愿是葛。"孙尚香在心里大声说。

第三章 乔国老做媒

想留在军营,却得不到哥哥的允许,孙尚香回到山上后,心里很郁闷,她突然就觉得老在山上练剑没劲,尽管陪她练剑的有很多人。

"为什么我不是男儿身?那样,至少可以到山下铁瓮城里去走走。"孙尚香唉声叹气。

"小姐若真想下山,也不难。"贴身丫鬟小红为了让孙尚香高兴起来,开始给孙尚香出主意,"小姐何不女扮男装?"

一语点醒梦中人。是呀,装扮成男子模样,就可以进出自由了,上次也怪自己大意,直接就去了哥哥的军营,难怪哥哥生气。孙尚香自责了一番后,就兴冲冲地去了母亲的安宁宫。母亲正在外厅和丫鬟们玩纸牌,孙尚香在母亲身边坐了片刻,趁母亲玩得投入,便蹑手蹑脚进了母亲的内屋,在一个四四方方的大木箱里,翻找出了一套孙权以前穿的衣服。为了不被发现,她把衣服藏在自己的裙子里,小心翼翼走出。见门口守着一个丫鬟,孙尚香朝丫鬟打了个噤声手势,丫鬟没敢出声,等母亲想起她时,她早带着衣服回到秀苑。换上后,丫鬟们直拍手叫好。孙尚香也很得意,没想到穿起男儿装，顿生豪气，真是巾帼不让须眉。走出闺房，侍从们个个看得差点惊掉眼珠子。这是小姐吗？这分明是吴侯第二啊！大家看得是又称奇又欣赏。

"别呆看了，本小姐要下山。"孙尚香手一挥，大家呼啦啦一起跟在后面。

"不行，你们不能去，在后院给我守着，继续耍枪舞棒。"说完，孙尚香就叫了两个贴身丫鬟——小红和小云随行，两个丫鬟已是一副小厮打扮。主仆三人离开北固山，往山下走，走到半山腰，迎面撞见乔国老带着一位男子脚步匆匆往山上赶。乔国老是先将军孙策和东吴大都督周瑜的岳丈，也就是大乔、小乔的爹。他身边的男子，着酱色汉服，个子中等，天庭饱满，有股英雄气。孙尚香怕男子看她，便赶紧侧身到路边，低下头。因为走得急，又是上山路，来人并没注意到迎面而来的孙尚香。但善于识人的乔国老还是看出了孙尚香的女扮男装，正纳闷：郡主，这是为何？就见孙尚香直朝他摆手，于是，把到嘴的话咽下了肚，装作不认识的样子，和孙尚香擦肩而过。

孙尚香做梦也没想到：随乔国老上山的这位男子正是她未来的夫婿刘备！

原来赤壁之战后，刘备和孙权联盟打败曹操，夺取了荆州。也许是上天的眷顾吧！三军交战，兵力最弱的刘备反而先到了荆州城，而曹军主要是被东吴的水军在外围阻击才溃败的，论兵力，孙权出的兵马要远远多于刘备。但因为当时是联盟，也不好一下就撕破脸，驱逐刘备离开荆州，毕竟刘备和他的部下也出了力。

礼让只是暂时的，时间一长，心里就会觉得不平，孙权已想从刘备手里要回荆州。刘备知道孙权兵强马壮，自己势单力薄，若孙权强行向他索要荆州，是很难不给的。可若把荆州给出去，他又无处安身立命，何况正想凭借荆州往四川一带发展。权衡再三，刘备决定采取诸葛亮的计策：到东吴和亲。正巧东吴的谋士鲁肃也有心成全，说孙刘联姻是珠联璧合。当日，鲁肃就把刘备悄悄带到了东吴，趁夜色敲开了乔国老家门。一进门，两人就对乔国老躬身而拜，鲁肃说："国老，您德高望重，是最能在国太面前说得上话的人，这桩婚姻必须有您保媒，方能成功。"

乔国老被说蒙住了。再看刘备七尺男儿，相貌堂堂，乃中山靖王之后，又是当今皇叔，便不忍拒绝。正犹豫，就见刘备又躬身而拜说道：

"耳闻吴侯有个如花似玉的妹妹待字闺中，我是朝思暮想。国老素有成人之美德，还望体谅成全。"见刘备说得情真意切，乔国老便叫刘备当晚在馆驿住下，明日一早，随他上山到甘露寺拜见吴国太。

到了甘露寺，乔国老要刘备在廊下等候，他先到安宁宫见吴国太。

吴国太正觉疲乏，见乔国老一早跑上山，甚是不解，推开纸牌问："亲家无事不登三宝殿，今日来，所为何事？"

"喜事，大喜。"乔国老眉开眼笑地说。

"喜从何来？"

"我替小姐觅得了一位佳婿。"

"哦——"吴国太来了精神，心想：难怪一早，听到喜鹊在门口树上叫。

在那个年代,女孩一般十五岁就出嫁了,早的十二三岁就成婚了。可是给女儿张罗了一些东吴世家子弟,女儿一个也看不中,吴国太急得不知如何是好。前阵子就在乔国老面前诉苦,要他帮着觅婿,没想到有了眉目。

"佳婿在哪?"吴国太笑问。

"就在外面。"乔国老说。

"那快快有请。"

第四章 吴国太相婿

见吴国太发话，乔国老便兴冲冲去叫刘备。刘备正等得慌张，见乔国老招手，就心如乱麻似的走过去，随乔国老一道从正门进入甘露寺。但见三间开的客室，前后有院落，东西有回廊，室内宽大而气派，左右各由三根双人手臂方能合抱的圆木柱分隔，后门有屏风遮挡，墙壁上绘有水墨丹青。

刘备诚惶诚恐地走入，不敢旁视。不一会儿，听到衣裙窸窣声，那是吴国太在两个丫鬟搀扶下，从屏风后的门里走了进来。吴国太穿着朴素，就平日里的蓝色绣花对襟衣，发髻上斜插一根玉笄，额头上束着一条方巾。两个丫鬟倒刻意打扮了一番，可谓花枝招展。两个丫鬟扶吴国太在右手楠木雕花靠背椅上坐下。刘备稍稍侧转身，恭恭敬敬对着吴国太垂手而立，奉命打扮得如花似玉的两个丫鬟却没入刘备的眼。吴国太很是满意，坐怀不乱，这是她择婿的首要。再看来人：仁慈敦厚，双耳垂肩，双手过膝，一副帝王之相。吴国太看得是暗暗欢喜。但再一看，感觉眼前的男子年纪少说也有四十大几，这样的年纪，又有这样不可多得的条件，不可能不成婚啊，要是他有妻妾怎么办？那女儿是万万不能嫁的呀！哪个当母亲的愿意把自己女儿嫁给人家做小呢！更何况自家女儿的身价那是无人能及。这么一想，吴国太冷静下来，于是，双目扫视一番刘备后，用高高在上的声调发问：

"来人是谁？"

"禀国太，他是刘豫州。名叫刘备，字玄德。"乔国老上前代答。

吴国太何等见识，于是，便问道：

"既然是刘豫州，不待在豫州，没事到甘露寺来干吗？"

"他是特地来向小姐提亲的。"乔国老又帮着说。吴国太不再言语，上下打量着刘备。刘备意识到若再不开口，就显出了自己的木讷和慌张。于是，上前一步，毕恭毕敬，面朝吴国太，带着十二分的诚意说："不才刘玄德，久仰小姐芳名，真心诚意前来提亲，望国太成全。"说完，朝乔国老递了一个眼神。乔国老会意，拱手向吴国太陈述刘备带来了一份厚礼，请吴国太笑纳。吴国太对礼物并不在乎，可未等她说出"礼物就免了"的话，就见有人已扛着绸缎进了甘露寺院内，绸缎一匹接一匹，放满了走廊。

"你不会把铁瓮城里的绸缎全搬来了吧？"吴国太见门外人影闪动，全是扛绸缎的，忍不住惊讶地问。

"确实，铁瓮城里的绸缎，全被他买来了。这批是送给您的，给小姐的那批还在后面。"乔国老说。

吴国太感觉刘备也太实诚了，这样实诚的女婿上哪儿找去呢！可是，在几个择婿的关键点上，她又不能让步，于是，不无担心地说："好是好，只怕——他已有家室。"

"国太，这您尽管放心，他的两个妻子已死于荆州战乱，现在他是单身一人，要不然，我也不敢冒冒失失做这个媒。"

吴国太心里设置的最后一个障碍去掉了，那是百分百的满意，就听她笑着说：

"赐座。"

立即就有小厮进来，把靠墙的一张楠木镂空四方椅搬到刘备跟前。刘备侧身坐下，和吴国太面对面交流。乔国老早在吴国太坐下不久，就被邀请坐到了正面左手那张楠木雕花靠背椅上。

两位老人坐在上面，刘备作为晚辈，规规矩矩坐在下面，除了看两位老人，连厅堂正中的那幅大江风云图都没敢细看。直到吴国太退出，乔国老去外面活动筋骨，留下他一人在会客厅，他才起身用欣赏的眼光看着墙壁上的画。这幅画展现了北固山临江而立，扼守天险的气势。浪涛翻卷，唯我独尊！也描绘了千帆竞渡，东吴一片繁忙而欣欣向荣的景象。刘备看得是连连赞叹："真乃天下第一江山！"

吴国太是位开明的母亲，认为女儿的婚事应该征求女儿的意见后再做定夺，若女儿不同意，那也是空欢喜。故而把刘备留在会客厅小坐，自己回安宁宫，派人去传唤女儿。很快，传话人就过来回禀，说孙尚香不在。

"去找。"

传话人又来回话，说没找到。

"这就怪了。"吴国太又气又急，亲自来孙尚香的住处找。闺房里没人，但后院有打斗的声音，吴国太又脚步匆匆到后院。孙尚香的那些侍从看到吴国太驾到，吓得手脚不知放哪里是好。

"你们小姐呢?"

"小姐……"有个侍从想说,但看别人都噤若寒蝉,也不敢往下说了。

"叫你们保护小姐的,你们小姐去哪了,都不知道吗?"

见这些侍从吓得可怜,吴国太是个吃斋念佛的老人,心生慈悲,不忍过分责备她们,于是快刀斩乱麻地命令道:

"限你们半个时辰把小姐找回来,我有要事找她。"说完,吴国太回房闭目养神。这边就有侍从飞快地下山,去找郡主孙尚香。

第五章 铁瓮城斗剑

孙尚香到了铁瓮城，就像小鸟飞出了笼，看什么都觉得新奇。这铁瓮城她还是从苏州迁都来京口时匆匆看了几眼，那时铁瓮城刚建好，水路、陆路浩浩荡荡的人马开拔了三天三夜，一起向铁瓮城进发，一眼望去，都是黑压压的人流和车船。如今热闹中尽显繁华，在高高的城门外就听到了里面的叫卖声，进到里面，街两边各式各样的商品，看得人眼花缭乱：热气腾腾的包子铺，旗子招展的面馆，还有摆不坏的香醋、糕点、首饰和挂件等。孙尚香在一家丝绸店门口停下，她想买一段丝绸，做条裙子或披肩，但店家说："对不起！公子，货已被别人买走了。"

"什么公子，明明是小……"如果不是丫鬟小红摆手暗示，丫鬟小云差点就把"小姐"二字说出了口。

"去下一家看看。"孙尚香豪迈地说。

下一家，依然是货已被人订购了。再下一家，还是。孙尚香有点火了，大声对店家说："你是怕我付不起钱吗？"说着，就示意丫鬟从衣兜里拿出钱币，满满一袋闪闪发亮的金五铢，很不在乎地撂在绸缎上。看得店家眼睛都直了。这时，一位侠客打扮的壮士突然上前，用柜台上的布尺挑起钱袋。

"你想干什么？"孙尚香杏眼圆瞪。

"不干什么，"壮士不急不忙地说，"只想告诉你，这绸缎我全买了。"

"凭什么？"

"凭先来后到。"说着，壮士看着店家，"不信，你问他，我有没有付过定金。"

店家看壮士一脸威严，不敢说半个不字，小鸡啄米似的连连点头。

"那又怎样！只要绸缎还在店里，我就有买的权利。"孙尚香蛮横地说。自打从娘胎里出来，她都是被众人宠着的，何曾受过这种气！

"那要问问我手上的这把宝剑。"壮士说着，就掏出身上的宝剑。

"吓唬谁呢！"孙尚香也掏出佩剑，心想：正愁没人比试呢！店家吓得直往后退，两个丫鬟连忙掏出随身携带的剑，上前保护孙尚香。

"待一边去。"孙尚香把两个丫鬟呵退到一边，与此同时，宝剑直逼壮士的脑门。壮士也不退让，头一歪避开了剑锋，然后转身，反手出剑。孙尚香身轻如燕，飞落到壮士的剑上，将自己的剑由上而下，刺向壮士的颈脖。但壮士已回身抽剑，腾空而起，抢先将剑刺了过来。两个丫鬟怕小姐受伤，同时从两侧出手，壮士也不恋战，往后连退了三步。

"谁让你们帮忙的？"孙尚香满脸不悦。

"小姐。"两个丫鬟急得直喊，她们陪小姐出来是有责任的，如果小姐受伤，她们回去怎么交代。

"退到一边去。"孙尚香呵斥两个丫鬟,两个丫鬟不肯移步。

"听到没有。"见小姐真动了怒,两个丫鬟这才很不情愿地往边上让了让。

"其实,你们可以一起上的。"壮士狂傲地走上前,嬉笑着说。

"废话少说,看剑。"孙尚香毫不客气地挥出剑,剑头直指壮士的咽喉,眼看就要刺中,但壮士一个鲤鱼打滚到了孙尚香身后。背后袭击不是好汉所为,于是,壮士又迎风招展似的旋转到前面,和孙尚香面对面。孙尚香很气恼,如果刚才壮士在她身后出剑,她还真难招架,现在壮士卖弄剑术跑到前面,分明是小看她。这么一想,孙尚香就把所有的愤怒都积聚到了剑上,然后,拼尽力气把剑刺出,她要一剑结果壮士的性命。但是,她力劈山势的剑却被壮士轻轻拨开了,他赤手握住了她的剑。那一刻,孙尚香害怕他的手出血,心一软,稍顿了一下,剑就被壮士拨开。与此同时,壮士的剑倒直抵孙尚香的咽喉。就在这紧要关头,就见有人飞跑而来,大喊一声:

"住手!"

壮士收回了剑。来人和两个丫鬟同时奔到孙尚香面前,紧张而关切地问:"小姐,你没事吧?"

"我有什么事!"孙尚香朝她们发脾气。来人不顾孙尚香生气,把嘴靠到她的耳边,说老夫人正在找她。

听到母亲找自己,孙尚香只好跟来人往回走,走出几步,又回过头来,朝壮士狠狠瞪了一眼,说道:

"你等着,姑奶奶我明天再来和你决战。"说完,率性而去。

壮士一时摸不着头脑，他没想到和自己打斗了半天的人竟是位女子，早知就把绸缎给她了。可一想，又不能给，天下有哪个女子配穿这绸缎呢！这绸缎是他主公买下送给东吴第一美人的，其他女子哪配呢！这样想着，心里宽慰了许多。

孙尚香随侍从匆匆往山上走，快到山顶，又有一名侍从跑过来，说老夫人已等得心焦了，要她赶快过去。见侍从神色惊慌，孙尚香便直奔安宁宫。

吴国太看女儿这身装扮，气得不轻。

"瞧你，成何体统！"吴国太动了真气，站起身，训斥女儿，"竟然把你哥哥的衣服翻出来穿。"

孙尚香低着头不敢回话。

吴国太把目光转向孙尚香的两个贴身丫鬟，怒斥道："你们这是把小姐带到哪儿去了？"

"母亲，不怪她们，是女儿想下山走走。"孙尚香帮两个丫鬟说话。

吴国太依旧怒不可遏地朝两个丫鬟发火："下次，要不好好在家伺候小姐，我就派人把你们送下山，永远不要回来，让你们在外面野个够。"

两个丫鬟同时跪到地上，说再也不敢了。吴国太坐下，喝了一口金山翠芽，然后对孙尚香说："你也老大不小了，平日里舞枪弄剑，为母是睁只眼闭只眼，但女孩总该有个女孩样吧！你这一身戎装，传出去，谁还敢娶你。"

"我本来就不想嫁的。"孙尚香嘟着嘴小声回说。

"今天不和你理论这个，你回房梳妆一下，到风雅亭等我。"

第六章 刘备求婚

　　风雅亭向东有扶梯与齐云阁的长廊相通。齐云阁向右不远处就是孙尚香的秀苑。孙尚香从齐云阁这边登上风雅亭，坐定后，面朝长江，一边看江上的船帆，一边等候母亲。突然，有位男子的声音从背后传来：

　　"如果，我没猜错的话，小姐应该是东吴的郡主。"

　　孙尚香本能的回转头，见男子正朝她笑。

　　"我不认识你。"话一出口，孙尚香又觉不妥，因为她发现，站在她面前的男子正是自己下山时路上遇见的那位。

　　"我叫刘备，是特地来拜会小姐的。"

　　刘备单刀直入，孙尚香不知该如何应答。

　　"久仰小姐芳名，今日一见，果不虚传。玄德我有福了，能和小姐结秦晋之好。"

　　"你在说什么呢！一派胡言乱语。"出于对自尊的维护，孙尚香狠狠瞪了刘备两眼。刘备也不恼，反而咧着嘴笑。

　　"别癞蛤蟆想吃天鹅肉。"孙尚香又怼了刘备一句。

　　刘备依旧不恼，咧着嘴笑。孙尚香厌恶地背过身，想找她的丫鬟，可一向没有她命令、不敢擅离左右的两个丫鬟却凭空消失了。她希望母亲快点来，可偏偏不见母亲的踪影。

"我是奉你母亲之命，来和你相亲的，当然，是我不由自主地喜欢上了你。你能给我机会吗？哪怕每天远远地看着你！"刘备款款表白。

孙尚香心慌意乱，这是她第一次听人当面表白。她想离开，可是通往外围的旋梯被男子挡住了，除非她从男子身边穿过，那样的话，男子只要稍微张开手臂，就能把她搂到怀里，她可不想出现这种尴尬。正在为难之际，传来乔国老的咳嗽声，紧接着，孙尚香的两个丫鬟也在对面的旋梯上出现了，后面还跟着母亲的贴身丫鬟。母亲派她的丫鬟过来传话，说风大，她就不来风雅亭了，要乔国老代她安顿刘备暂住甘露寺。

孙尚香气恼地回到闺房，越想越生气，什么时候有人敢这么厚着脸皮在她的面前表白，也不考虑她的感受，就那么自说自话。不错，他看起来是有英雄气，可年纪在那里摆着，少说也快五十了。这么想着，孙尚香越发火冒三丈，一回到闺房就大声呵斥丫鬟，问她们死到哪里去了。

"我……我们……"小红和小云胆胆怯怯地对望着，不敢说，自打从小跟随小姐一起长大后，她们从没见小姐发过这么大的火。

"说！"孙尚香把一只正待冲茶的茶杯摔碎在地，提水而来的老妈子放下水壶，战战兢兢地退了出去。小红和小云不由得吓出了眼泪，然后，扑通一下跪倒在地，一起声泪俱下地说出了缘由。

原来，孙尚香坐在风雅亭等母亲时，小红和小云就在她的身后，一边一个站着伺候。没想到，吴国太派来两个贴身丫鬟，朝小红和小云招手，示意她们到琴房，并暗示不要发出声响。于是，小红就让小云过去看看，但小云过去后，其中一个丫鬟见小红不动，就继续朝小红招手，甚至要过来拽小红。这样，小红也就跟到了琴房。到那儿，吴国太的两个丫鬟就压低声音对她们说，吴国太要见她们。

"那小姐——"小红指着独坐在亭中的孙尚香，显而易见，是不放心让小姐一个人坐在那儿。

"有我看着，你们就放心去吧。"其中一位穿黄花裙的丫鬟说。

"走吧！"穿绿裙子的丫鬟已在前带路。于是，小红和小云就随她从琴房内部的楼梯下去，出了多景楼，到了吴国太住的安宁宫。

吴国太正半躺在藤椅上，在庭院中看云彩。小红和小云给吴国太请安。

"知道我为什么叫你们过来吗？"吴国太问。小红和小云连连摇头。

"有人要和你们小姐在风雅亭约会，你们在那儿会碍事。"吴国太也不转弯抹角，直接把事挑开来说，"这是我看中的女婿，也是打着灯笼找不到的，虽说年纪大了点，但他有帝王之相。你们回去，多劝导劝导你家小姐，不要错失好姻缘。"

从丫鬟的口述中，孙尚香明白是母亲故意支开了她们，可是，母亲啊母亲，你为什么不给女儿安排一个年轻人呢！女儿不求荣华富贵，更不求帝王之相，只求有个深深爱我、我也爱他的郎君。

孙尚香长叹一声，让两个丫鬟起来说话。

"小姐，对不起！"小红和小云擦去眼泪，一人抱住孙尚香的一只胳膊，唯恐孙尚香丢弃她们不管。

"不怪你们，是命！"说着，孙尚香也流下了泪。

第七章 事与愿违

孙权已得知刘备上山提亲的消息,这对于他来说,真乃天助。孙权吩咐护卫将领贾化安排刀斧手沿山埋伏,只等刘备下山,好趁机擒拿他。可是,刀斧手埋伏了一夜,也没见刘备下山。第二天一早,孙权就借给母亲请安为由,上北固山来打探。

"我正准备派人去叫你,你倒来了。"一见面,吴国太就欢喜地说。

"母亲找我何事?"孙权问。

"天大的好事,乔国老给你妹妹说了一桩婚事。"

"是我们东吴的哪家才子?"

"不是东吴才子,是荆州来的,叫刘备。"

"此人不妥。"孙权一口否决,他没想到令母亲欢喜的人竟然是刘备。

"如何不妥了?"吴国太不明白孙权为何反对。

"他心术不正,娶妹妹是假,霸占荆州是真。"

"我看他满脸忠厚,有帝王之相。"

"但他无立锥之地,妹妹跟了他,只会颠沛流离。"

"他不是有荆州吗？"

"荆州是我们东吴的，攻下荆州后，大都督周瑜就万般叮嘱，荆州不能落入外人之手，它是我们东吴的咽喉。"

"外人？如果将你妹妹许配给刘备，就是一家人。"吴国太说。

"母亲！这亲真的不能结，代价太大了。荆州是东吴几千条兄弟用命换来的，我已下令要收回荆州。"

"你收不收回荆州我不管，如果你妹妹同意这桩婚事，那是一定要结亲的，我不能眼看她老大不小的在家嫁不出去，更何况那刘备也和我说了，他只是暂住荆州。大丈夫落难时，你给他一根稻草就是一条船。"吴国太说的话一套一套的。孙权在母亲面前有点词穷，最后，无奈地说了句："那就等妹妹定下再说吧！"

本来，他派鲁肃到荆州去游说刘备来东吴成亲，是他和周瑜定下的计谋，以婚姻为诱饵，骗刘备来东吴，擒住刘备后，逼诸葛亮拿荆州来交换。这样，不费一兵一卒，就能将荆州要回。为了计谋的万无一失，除他和周瑜外，没人知道和亲的真实意图，对鲁肃，他也没透露半点。在孙权看来，只要鲁肃把刘备骗到东吴，计谋就算成功了。谁能想到好事的鲁肃竟然请乔国老出面做媒，且说动了母亲，让母亲认了刘备这个女婿。

"不行，这绝对不行。"孙权自语道，感觉心里有团怒火在燃烧。

吴国太怕孙权对刘备不利，在孙权告退时，特意叮嘱了一番，说她已将刘备安排住在甘露寺。

孙权对母亲比较孝顺，不能违拗母亲，可是又不能把就要到手的荆州白白送给刘备，这也太便宜他了。孙权愁眉不展地回到山下议事厅，因周瑜驻守在外，便派人把鲁肃立即叫来，商量对策。

鲁肃已得知吴国太同意了这门亲事，心中大喜。因为是他奉孙权之命去荆州，当着诸葛亮的面，游说刘备来东吴和亲的，他还怕事情不成，一回东吴，就连夜带刘备去拜见乔国老，请乔国老出面做媒。如今，果然天遂人愿，孙刘连为一体，再也不用惧怕曹军。但看孙权一脸愁容，鲁肃也不好把喜悦之情表露出来。

"你有能耐了，回来都不需要到我这儿来复命！"鲁肃一进议事厅，孙权就对他碧眼圆瞪，说话的语气也是充满责备。

"我是想等孙刘联姻的事敲定后，再来禀报的。"鲁肃谨慎地回道。

"现在好了，你满意了！"

"难道把刘备叫来和亲不是吴侯的意愿吗？老臣只是想尽力把它办好。"

"亏你还自称为老臣，我看你是老糊涂。"见鲁肃不明白，孙权也不避讳，把心中的怨气直接吐露出来，

"我妹妹好歹也是东吴郡主，会嫁给刘备那个糟老头？"

"那吴侯派老臣去荆州牵线——"鲁肃感觉自己的脑袋瓜子有点不够用，他不敢往下猜测孙权的意图。事到如今，孙权觉得不必再对鲁肃隐瞒，于是，就敲着桌子说："那只是诱饵，是我和公瑾商议的计策，诱刘备来东吴，好趁势收

回荆州。"

鲁肃知道事情被自己办砸了,吓得不敢吭声。孙权也意识到埋怨于事无补,眼下要紧的是想办法补救,平复了一下心情后问鲁肃:"你看怎么补救?"

"补救?"鲁肃堪称是东吴的谋臣,但在这件事上倒显得束手无策。

"现在是我母亲已看中了刘备,但我妹妹还没表态。"孙权好似自语,又似在提醒鲁肃。但鲁肃的脑袋就像被糊上了糨糊,他叨念着"补救"二字,连眼神都变得茫然。正在这时,有护卫通报:陆逊求见。

第八章 陆逊献计

陆逊给孙权请安，孙权心不在焉地点了点头，陆逊又朝鲁肃拱手，鲁肃也是一副眼里无物的状态。过了半天，孙权才想起陆逊。就听孙权问："陆将军到访，有何事？"

"一点私事。"

"私事今日就免了，你不见我们正在为国事烦忧。"孙权紧锁眉头，不想被其他任何事打扰。

"也不是纯粹私事，和国事也沾点边。"陆逊察言观色地接着说，"我知道吴侯正在为刘备来东吴和亲的事烦忧，刘备他胆大妄为，身无片瓦，有什么资格向我们东吴的郡主提亲。"

陆逊的话说到了孙权的心坎上，没想到陆逊二十岁出头，竟有这般见识。孙权顿时打起精神，赐鲁肃和陆逊坐下说话，并半开玩笑地指责鲁肃："子敬啊，别看你是个老臣，比起你眼前这个后生，智谋还是差一截的。"

鲁肃连连点头道："后生可畏，后生可畏。"

"我就是气在这儿。"孙权接住刚才陆逊的话头，往下说，"刘备哄得我母亲，要把荆州借给他。"

"如果是这样的话，吴侯您大可不必动气。"鲁肃抢着回答，尽管刚才挨了训，但他认为孙刘和亲的策略是对的。牺牲一个女孩子的幸福，换得两方太平，甚至是孙刘曹三方局势的平衡，这是何等的功德！如果自己有这样一个妹妹，可以成就这番大业，即便牺牲她的性命，哪怕包括他鲁肃的性命，他也在所不惜。"由刘备驻守荆州，对我们东吴也不是一件坏事。以前是两家，我们怀疑他会有二心，现在成了一家，这无形中我们就多出了一只手臂，由他在前面给我们挡着曹军，何乐而不为呢！"

"你简直是冥顽不化，那是要牺牲我妹妹幸福的，换你妹妹试试看。"孙权朝鲁肃咆哮。

"只可惜，我没有妹妹。"鲁肃小声嘀咕道，"就是有妹妹，恐怕人家也看不上。"

"那你就闭嘴。"孙权气得碧眼发红，脸发白。

"我们现在是要不费一兵一卒，拿回荆州，而不是牺牲郡主的幸福。"陆逊插话道。

"陆将军说得极是，将军有何妙计？"孙权把目光转向陆逊。

"我想和刘备比武，谁胜谁娶郡主。我有信心打败他。"陆逊坚定地说。

"将军果有此意？"孙权态度柔和，语气亲切。

"是的，请吴侯成全。"

孙权点点头，鲁肃也找不出反对的理由。孙权给鲁肃下达命令，比武招亲一旦陆逊取胜，就有鲁肃出面找乔国老，由乔国老说服母亲认陆逊为婿。

"罢了罢了，成也萧何，败也萧何。"鲁肃苦笑着退出，留下陆逊和孙权继续商讨。

"陆将军，你进门就说有私事要谈，是什么私事，现在说来也无妨。"心头的烦闷解除后，孙权露出一副洗耳恭听的样子。

"私事，我刚才已夹在公事中说完了。"陆逊回道。

"哦——"孙权一时反应不过来。于是，陆逊就如实禀告，说自己今天是来提亲的，他上次已找过吴侯，只是不巧，赶上了吴侯有事不在，只好把到嘴的话又咽了回去。

"你确定不是为我解难，才勉强想出要娶郡主的？"孙权问，他要试试陆逊对妹妹是否真心。

"我是爱郡主在先，自从那次在军营看到郡主后便茶饭不思，今日才得知刘备来东吴和亲的事，这个消息对我犹如晴天霹雳，恳请吴侯看在我一片忠心和赤诚的份上，把郡主许配给我。"

陆逊的这番表白，让孙权看到了希望。少男少女配成对，那是天造地设，更何况陆逊也是东吴不可多得的俊杰，人不但长得帅，还有才。孙权想：由陆逊配妹妹，刘备不足惧也！

第九章 飞鸽传书

比武招亲已在北固山传开,除了吴国太那儿没人敢透露,其他人差不多全知道了。大家欢欣鼓舞,巴望着陆逊取胜。

"论才貌,也是陆将军和郡主般配。"

"就是,荆州来的刘备是癞蛤蟆想吃天鹅肉。"

两个仆佣小声议论,他们虽是奉吴国太之命伺候刘备起居的,却一点也不看好刘备,反而觉得刘备跑来甘露寺招亲是自讨没趣,巴不得他灰溜溜早点走。

"你们在说什么呢?"刘备在书房听到仆佣议论,便走了出来。胆大的仆佣回了一句:"我们说你应该多照照镜子。"

"哦——"刘备下意识地用手摸了摸面颊说,"我刚对着铜镜,刮过胡子啊!"

仆佣回道:"刮胡子有什么用,您的眼袋下垂,年龄摆在那儿,和我们的陆逊将军比,差远了。"

"崇拜自己的将军,无可厚非。可我才是东吴的乘龙快婿,你们应该为我喝彩。"刘备毫不谦虚地说。

"您老就别吹了,等过了比武招亲,再吹不迟。"另一仆佣也看不惯刘备的得意,插话道。

"比武招亲?谁说的?"刘备皱起眉头。两个仆佣自知说漏了嘴,原来刘备还蒙在鼓里。

刘备已在甘露寺待了十多天,除了第一天在多景楼上的风雅亭见过孙尚香,之后,就再也没有和孙尚香照过面。他倒是去拜访了吴国太两次。吴国太为人慈善,每次问过他的饮食起居后,都好生安慰他,要他耐心等待,说心急吃不了热豆腐。刘备觉得应该找吴国太去问下原委,可细想又觉不妥。如果这么一点风吹草动的事就去惊动吴国太,很容易给老人家产生错觉,认为他是无能之辈。思量再三,觉得还是应该先问问军师诸葛亮。

刘备一边沉思,一边走进书房,甘露寺自从给刘备住下后,东西两间已用屏风和会客大厅隔开,分别作为书房和卧室。刘备坐下,铺开纸墨,把他要和陆逊比武招亲的事写上,然后把纸条放进一根细细的竹筒,绑在鸽子腿上。鸽子是昨日飞来的。当时,刘备正站在北固山后山看风景,突然一只信鸽飞了过来,落在他面前的栏杆上,鸽腿上绑着一根竹筒,里面夹着一张空白纸,这是诸葛亮在向他求信。那会儿,刘备觉得无话可说,准备回一张无字书,后来一想,应该让鸽子歇一天,以免它飞来飞去,路上累坏。没想到,留它一个晚上,倒派上了用场。就像知道自己要起飞似的,鸽子已精神饱满地在等待。刘备把鸽子揣在怀里,带到后山,对着滔滔长江,张开手臂。鸽子腾空而去,慢慢在江上成了一个点,最后消失在江天一色的远方。

当天傍晚,鸽子就带着诸葛亮的妙计飞到了刘备的身边。诸葛亮在信上对刘备说，比武招亲不要畏惧，尽管参加，到时，会有高人出手相助。

第二天，鲁肃上山来见刘备。二人在客厅坐定，寒暄了几句后，鲁肃才艰难地把比武招亲的意思曲折地表达出来。他本以为刘备会勃然大怒，没想到刘备欣然接受："这样也好，至少可以展示我对郡主的真心。"

"皇叔真是厚德载人，令子敬佩服。"鲁肃双手合抱成拳，朝刘备拱手而拜。刘备笑着拱手还礼，并连声说道："不敢，不敢。"

仆佣过来给二位沏茶，待仆佣退出后，鲁肃不无担心地问："皇叔有把握吗？"

"成事在人，胜算在天。你说我有把握，就有把握。"刘备抿了口茶，平淡地说。

鲁肃摇了摇头。

"如此，先生是不看好我了？"

"就怕我爱莫能助。"鲁肃叹息道。

"但我知道先生的心一直是向着我刘备的。"刘备的话点中了鲁肃的犹豫，他真心想帮刘备，可是他又不能违背孙权的旨意。

"我只能祝刘皇叔好运了。"鲁肃起身告辞。

"慢走！"刘备送鲁肃到山门口，一直看到他的背影消失在树木掩映的古道尽头。"他会帮我吗？"刘备对着早已消失的背影发问。古道慢慢，满树的山风发出沙沙的回响。

第十章 水上演练

比武擂台就搭在北固楼和甘露寺之间的一处露天庭院里，紧邻多景楼，这样，比武的时候，除了可以站在庭院里看，也可以站在北固楼和多景楼上看，甚至站在风雅亭里也能看到，当然在甘露寺里看也是一样的，只不过甘露寺现在给刘备住，一般人不好随便进去，除了刘备和他的仆从。此刻，刘备的两个东吴仆佣就趴在窗口兴奋地看着，一边看一边指指点点，弄得刘备坐在书房里无心看书，最后也踱步到窗口朝外看。外面有十几个工人正在为搭建擂台而忙活，有的打木桩，有的扛圆木，还有的用绳索固定。他们配合默契，娴熟地干着活儿，不一会儿，一人多高、四四方方、戏台大小的擂台就搭好了。刘备机械性地看了一眼擂台，然后就把目光移向擂台四周，他思索着孙尚香那天会不会出现在比武现场，如果出现会站在哪儿？右边的院门处，可能性极小，虽然院门是贝壳形的，很别致，旁边还有棕榈树，但那儿是通向擂台的主要进出口，站在那儿容易和他人发生碰撞。排除了院门，那郡主是站在左边的多景楼，还是正面的北固楼呢？如果站在北固楼，那一定是站在最上层，不可能站在一二层。刘备就这么反复地想着孙尚香那天会出现在哪里，到后来，他又想到了凤雅亭，想到了孙尚香含羞的模样。

"为什么要比武招亲呢？难道她真是嫌我老了。可是，我的雄心壮志还没完成，哪能说老就老呢！"刘备不甘心自己老去，他握紧拳头给自己加油，发誓一定要把陆逊比下去。

此刻，陆逊正领兵进行水上演练，这是周瑜安排的，意在震慑刘备。果然，刘备听到山下雷鸣般的喝彩声，就忍不住走到后山峰察看：就见浩浩荡荡的船只一字排开，船上的士兵争先恐后地划水，小船如箭穿过北固山，朝耸立在江心的金山驶去。不一会儿，便返回过来，在江中摆成一个龙门阵，然后，互为掩护，互为犄角，以迅雷不及掩耳之势，直扑北固山的悬崖峭壁。山下水流湍急，50余米高的峭壁呈90度直插入水。在险峻陡峭处攀岩北固山，对东吴的士兵来说，如探囊取物。刘备暗暗惊叹，转眼间，就有士兵飞身到峭壁。刘备没来得及喝彩，已惊出一身冷汗，因为士兵中的头领竟然沿着峭壁，飞到离刘备不足1米处。如果他伸出手，只要轻轻一拽，刘备准掉进滚滚江水里。此人也许看出了刘备的惊慌，他没有继续靠近刘备，只对刘备说了句："明天比武场上见。"说完，仰头大笑。

"你是陆逊。"刘备压住了不必要的惊慌。

陆逊已姿态优美地连翻几个跟头，跳入江水里。见陆将军跳下水，随他训练的士兵也整齐划一地仰头翻身往水里跳，他们像鱼儿似的游在江水里，那种矫健、勇敢、无敌的美，早博得岸上观众的阵阵喝彩。

在众多喝彩人群中，孙尚香是最开心也是最激动的，她的目光一直追随着陆逊，在船队越过北固山往金山方向驶去时，她唯恐看不清，就拿起周瑜给她准备好的瞭望镜。周瑜是个细心的男人，且对比武招亲也很上心，在他的计划中安排了此次演练。除了威慑刘备外，还有更为深层的用意，那就是增进孙尚香和陆逊的感情，为此，他特地命人搭了一个观礼台，安排夫人陪孙尚香到军中来观看演练。

自从上次私闯军营被哥哥训斥后，孙尚香就没再到过军营，没想到周瑜的夫人小乔派人传信，说上山玩多有不便，正好有水上操演，她已征得公瑾同意，邀请孙尚香一起观看。观礼台都搭好了，就等妹妹赏光。小乔唯恐孙尚香不来，在信的末尾还特地加了句：吴侯也同意我们观看，说我们姐妹难得在一起，正好可以说说话。

孙尚香无法拒绝，因为小乔除了派人送信外，接孙尚香的轿子也到了门口。轿夫们接到的命令是："如果接不到郡主，你们也不要回来了。"于是，轿夫们就轮番进去催问丫鬟："郡主准备好了吗？什么时候动身？"

小红和小云看轿夫们可怜，也就跟着一遍遍催促孙尚香。

"小姐，去吧，你一向大大咧咧的，今天这是怎么了？"

"去吧，小姐，你不是很喜欢军营生活吗？"

"听说是陆将军带兵在水上操演。我们只看过他在陆上演练，还没看过他水上演练呢。"

"不用说，一定是最美最棒的！"

两个丫鬟就这么自说自话，孙尚香听得都想笑。终于，孙尚香不再犹豫，走出家门。以防被人看到，两个丫鬟留在家，孙尚香上轿后轿帘垂放，直到观礼台方打开。

小乔已等候多时，见轿子落地，就热情地迎了上来，笑着说："我就知道妹妹会来。"

"有劳姐姐了。"孙尚香侧身回礼。然后，两人手拉手，走上观礼台，就桌坐下，面朝长江。

四方桌上摆放着许多瓜果和茶点，观礼时，没顾上吃，等军演结束，两人才面对面，一边吃瓜果，一边说话。

"刚才观看水上演练时，我就在想，什么人能配上妹妹呢，除了陆将军。"小乔故意挑起话题。

"我要有姐姐的福气就好了。"孙尚香避实就虚，眼里充满对小乔和周瑜这对郎才女貌的羡慕。

"等你和陆将军配成对后，我一定和公瑾在家设宴款待你们。"

"姐姐有心了。"孙尚香羞涩地回了句，似乎幸福就在眼前。

不一会儿，周瑜带着陆逊来了，陆逊是一上岸就被周瑜拉了过来，头上的水珠还没干，有两颗水珠从额头上往下滴，陆逊用手掌去拭擦时，孙尚香悄悄递给了手帕。

第十一章 赵云搅局

第二天比武招亲，孙权亲自领队观看，为了给陆逊鼓劲。孙权把妹妹安排在北固楼的最上层，这种安排事先已告知陆逊。因此，在比武时，陆逊只要仰头看一下北固楼的最上层，或想一想，那儿有个美人正在注目自己，就会有使不完的劲。为了不给外人踏入最上层，孙尚香和她的两个贴身丫鬟上去后，通往三楼的楼梯口就被临时封住了。孙权和大臣们或坐或站在北固楼的第二层，北固楼的最底层是一些士兵代表。

比武由鲁肃主持，他魁梧敦厚，站在擂台中间，陈述比武要点："不分刀枪剑棒，用自己擅长的兵器，三局两胜。"

鲁肃话音刚落，刘备和陆逊就同时跳上擂台，周围是一片喝彩。刘备穿绛色战袍，看起来沉稳老练；陆逊穿绿色战袍，看起来富有朝气。两人用的兵器都是剑。刘备用的是双股剑。双股剑是雌雄两剑的合称，两剑不长，约90厘米（不连鞘），左手雌剑三尺三寸，右手雄剑三尺七寸，剑柄上饰有云雷、螭龙纹饰。双剑重量在六七斤，轻灵短小，削铁如泥。陆逊用的是飞燕剑，也是雌雄合剑，同样削铁如泥。陆逊是军中教官，平日训练士兵，用的是士兵武器，一般不轻易拿出这把飞燕剑。但今天,他和刘备一样,为了心爱的女子,要使出浑身解数。就见陆逊和刘备两人左右开弓,把剑舞得团团转,谁也靠近不了谁。老这么转下去,刘备的体力就会跟不上。于是,刘备故意使了个诈,往后退,陆逊没有迎上去,而是也往后倒退两步。观者一片唏嘘,楼上的孙尚香更为陆逊捏了把汗。其实陆逊往后退是想看一眼楼上的孙尚香,果然,心爱的女子就站在那儿为他加油。瞬间,陆逊的体内就积满了力量。就在刘备把雌雄剑同时刺过来时,陆逊没有丝毫却步,挥起飞燕剑,旋风似的把刘备的剑挡开到一边,然后,腾空而起,抛出一把剑。正当人们担心那把剑要被刘备打落时,陆逊舞动的另一把剑已跟上来,两把剑连在一起,成了一杆标枪。陆逊开始用这把形似标枪的剑和刘备对打,时而双剑,时而双剑合一,看得人眼花缭乱。陆逊虚晃一下,刘备取胜心切,迎上去,反被陆逊用剑刺中,被刺中就算输了一局。第二局开打时,陆逊信心大增,剑耍得像旋转的风车。就在他志在必得、向刘备出击时,突然有位壮士飞上擂台,使一杆明晃晃的银枪,挡在了刘备身前。陆逊刺出的剑被逼停在半空。没等陆逊发问,壮士就面无惧色地说:"赵云不才,这一局由我来替我家主公比。"

赵云的出现,让场面全乱了。陆逊没有反应过来,就被赵云的银枪刺中。

"一平。"赵云自说自话地在擂台上高喊。孙尚香认出了赵云,没想到就是在铁瓮城和她打斗的那位壮士。孙尚香有种抑制不住的冲动,想跳下去,和赵云拼杀,但被丫鬟拦住了。这时,就听孙权在二楼大喝:"哪来捣蛋的武夫,给我拿下。"

孙权的大喝声刚落,站在楼下的士兵就上去把赵云团团围住。鲁肃赶紧出面周旋,说:"要不——今天,比武暂停?"孙权瞪了鲁肃两眼,心想:都是你惹的好事,把刘备带到甘露寺,如今比武招亲,半路又杀出个常山赵子龙。

"关进牢房。"孙权说完,就拂袖而去。赵云也不反抗,任由士兵们押往牢房。

刘备无奈地站着,他没想到诸葛亮的妙计,竟然是赵云出来搅局。

"比不过就干脆认输好了,干吗找他人替代!"陆逊很瞧不起地看了刘备一眼。

"陆将军消消气,赵云的出现,是谁也没想到的,也许,他是仰慕郡主也未可知。"鲁肃过来劝说。

"赵云是他手下,"陆逊指着刘备的鼻子说,"就怕有这心,也没那胆。"

刘备没有辩解,今天的事,他确实理亏。

"感情的事,是你情我愿,分不得上下级的。"鲁肃帮刘备开脱。

陆逊感觉多说无益,便冲着刘备喊:"不怕输,我们就单对单继续比。"

"消消气,会有机会的。"鲁肃拍着陆逊的肩,然后,硬拉着陆逊离开。

"你也回房歇歇吧!"走了两步,鲁肃回头对站着那儿发呆的刘备说。

第十二章 鲁肃探监

把陆逊送走后,鲁肃赶不及地来到府衙。当班的是太史慈的堂弟太史蔚,与鲁肃颇有交情。鲁肃说明来意后,有太史蔚通融,在牢房内见到了赵云。没等鲁肃开口,赵云就大喊:"吴侯不讲信誉,东吴不可信。"

"年轻人,休得信口雌黄。"鲁肃制止赵云,同时支开狱吏。

"告诉我,你是否想横刀夺爱?"狱吏走开后,鲁肃严肃地问赵云。赵云哈哈大笑一阵后,回道:"听闻子敬是东吴智囊,以我看,智商不过三岁小儿。君子不夺人所爱,难道大人不知道!"

"那就是诸葛孔明的计谋。"鲁肃断言。

"正是。"赵云目光敏锐地看了一眼鲁肃后,低声道,"我们军师还知道,你一定会帮我。"

"为什么?"

"因为我们有共同的敌人——曹操。"

鲁肃苦笑,没有接话,正好狱吏过来,鲁肃便顺势安慰了赵云几句,说东吴是仁爱之都,要他少安毋躁。随后,便走出牢房。临行又关照狱吏,要他好生看着赵云,不得无理。狱吏是个年长的,比较识时务,他知道鲁肃是东吴谋臣,深得孙权重用,因此,不敢怠慢,连连点头。

孙权气犹未消地回到了吴侯府议事厅,把桌上的纸笔一起推到地上,又把宝刀拿出,连砍三刀,还是不能消气;再抽出流星宝剑,向空而劈。就在这时,鲁肃出现了,孙权的剑差点刺到鲁肃身上。

"吴侯息怒。"鲁肃用衣袖遮挡剑,袖口被削下半片。

"没伤着你吧!"孙权把宝剑插进剑鞘,气消去了一半。

"没伤到。"鲁肃有些后怕地说。

"你也是,蹿到我的剑口上,又为何事?"

"也无大事,就是不放心吴侯,怕吴侯为点小事气坏身子。"

"小事!这是小事吗?"孙权狠狠瞪了鲁肃一眼,然后,接着说,"刘备真是欺人太甚,还有那个赵云,简直是狂妄之徒。"

"是的,是的,"鲁肃附和着点头。

"我要亲自审理,倒要看看是谁借给他的胆。"孙权把插入剑鞘的剑重新抽了出来。

"吴侯,有话好说,动气不得。"鲁肃一边说,一边走过去,赔着笑,替孙权把剑插入剑鞘,并挂到墙上,转身扶孙权在椅子上坐下。孙权见鲁肃如此和颜悦色,也不好当他的面再生气,但一时又找不到适当的话。见孙权不开口,鲁肃就试探性地说道:"也许,赵云是仰慕郡主的美貌也未可知,古话说得好,色胆包天。"

"这么说，他不是在帮刘备？"

"比武的规则很明确，谁取胜谁娶郡主。这一点，赵云是知道的。要我说，现在该生气的应该是刘备，而不是吴侯您。"见孙权不大明白，鲁肃又进一步说，"他的手下要夺他的妻子，你说，他该不该生气？"

"该生气。"孙权感觉自己有点清醒了。

"可是，吴侯把赵云关了起来，是不是间接帮刘备解了恨？"

孙权想：自己杀刘备的心都有，哪能做帮刘备的事呢？

"快快快，传话下去，放了赵云。"孙权话音未落，鲁肃就连忙出去传话。很快，赵云就被连夜释放。

第十三章 奉命迎亲

赵云没有回荆州,他在铁瓮城里待了一夜,第二天一早,就同荆州过来的两位士兵,买了两筐白馒头、一个猪头、两刀肉、四条鱼和一些烟酒糖果,然后雇了一些东吴百姓,敲锣打鼓地上了北固山。弄得守卫北固山的东吴士兵不知所措。

"荆州刘备迎娶东吴郡主了!"赵云带头在前面喊,配合喊声的是"哐——哐——"两声锣鼓响,然后,是众人的附和声:"荆州刘备迎娶东吴郡主了!""哐——哐——"接着,赵云再喊,锣鼓再敲,众人再齐声唱和,又是两下"哐——哐——"的锣鼓声。循环不断,直到山门口他们被士兵拦下。

"你不是昨天上擂台比武招亲的吗?"有士兵认出了赵云。

"什么比武招亲,那是和你们东吴陆将军切磋武艺,你们郡主早在半个月前,就已经许配给了我家主公刘备,我们这是奉命来迎亲的。"赵云侃侃而道。

守门士兵不知他们上山迎亲是奉谁的命,也不好强行阻拦。趁他们犹豫,赵云率先穿过山门,后面的人也跟着进来。这时,在甘露寺的刘备早通过信鸽知道了诸葛亮的意图,于是,一听到外面的锣鼓声,便走了出来。

"祝贺主公。"赵云给刘备道喜,其他人也跟着道喜。为了表示对大家的感谢,刘备还从士兵抬的箩筐里拿出一包糖果(这包糖果是赵云特地给刘备准备的)分发给从山下跟上来的百姓。上来的百姓每人都拿到了一大把糖果,他们把糖果揣进衣兜里,然后,欢喜地跑下山,见人就说:"新郎好大方,是荆州来的,叫刘备,大耳朵,长手臂,一看就是有福之人。"

"那新娘是谁呢?"没跟上山的人好奇地问。

"这还用问,山上除了我们东吴的郡主,还有谁配得上呀!"

一时间,孙尚香嫁给刘备的消息就传遍了铁瓮城内的大街小巷。

赵云替刘备上山迎亲的消息自然也传到了孙权的耳朵,怎么一觉醒来,事情全变了。他原本想,把赵云放出来,一定会气坏刘备,因为赵云的搅局,比武招亲刘备算是失败了。凭刘备的脸面,失败者也不好再提成亲的事,那么只要稍待几日,带陆逊去见母亲,再请乔国老美言,不愁母亲不站在陆逊这边。赵云这颗蹦出来的棋子,最后只会落得里外不是。可是,事情并没按孙权想的发展,这可把他气坏了。当有士兵来报,说赵云已带人敲锣打鼓上山迎亲时,孙权差点气得晕过去,他紧紧按住额头,好半天才缓过神。

"传鲁肃。"孙权命令卫兵。很快鲁肃就战战兢兢地来了。

"你出的好主意，你来收场。"鲁肃一出现，孙权就像弹簧似的从案榻上蹦下，指着鲁肃的鼻子。

鲁肃既聪明，又耳听八方，他当然知道了赵云的所作所为，他也猜到这是诸葛亮的计策，他甚至都有点怀疑自己，劝孙权放掉赵云，是否就是在帮赵云实施诸葛亮的计策。他隐隐中感到赵云会做出点什么，但没想到会这么快，又这么直来直去就做成了。这不正是他鲁肃潜意识里想做的嘛！当听到赵云带人敲锣打鼓上山迎亲的事后，鲁肃的心里是喜悦的，因为他再次看到了孙刘联盟的希望。

"事已至此，只能顺水推舟。"鲁肃说。

"说得轻巧，你让我如何向陆逊交代，又如何对我妹妹说？"

"只要吴侯同意孙刘联姻，其他的就交给老臣好了，保管不让吴侯再操半点心。"

"现在这事弄得，我不同意，能行吗？都是你惹的祸，你去摆平。"孙权挥挥手，满脸的不耐烦。

"我这就去办。"鲁肃小心谨慎地说完，便退了出去，到街上，冷静下来，才感到事情难办，不知该从何处着手。

第十四章 陆逊决斗

陆逊也听到了赵云敲锣打鼓替刘备上山迎亲的事。

这还了得！陆逊拿起宝剑就往北固山奔，一口气奔上山，直闯刘备住的甘露寺。

"刘备，你个伪君子，有本事就出来，我们当面决斗一番。"陆逊在甘露寺院内大喊。刘备正吩咐下人把赵云送来的物品放进地窖，准备找个适当的机会送到吴国太那儿，听到陆逊叫喊，便走了出来。

陆逊二话不说，抽出宝剑，就向刘备刺去。刘备一边躲让一边摊开双手说："陆将军，有话好说。"

"卑鄙小人，我们还没决出胜负，你有什么资格迎亲。"陆逊说着，又愤怒地刺出一剑，眼看就要刺中刘备，就听门外一声怒喝："住手。"

陆逊停顿了一下，见来人是吴国太，只得很不情愿地收回剑，低低地叫了声"国太好"。

"谁给你的胆，敢到甘露寺来撒野，还不快给我滚。"吴国太没给陆逊一丝好脸色，摆出一个老人应有的威严。众人吓得大气不敢出。

"算你走运。"陆逊狠狠瞪了刘备一眼,这才转身离开。刘备从刚才的惊慌中回过神,整了整衣服,上前给吴国太请安。

"你没事就好。"吴国太对刘备说,"下次再碰到有人上山找你滋事,你尽管去找我就是了。在甘露寺保你周全,我还是有这个能力的。"

"国太言重了,刚才陆将军是来找我切磋武艺的。"刘备尽量替陆逊讲话,以免吴国太为他担心。

"那今天的敲锣打鼓又是为何呢?既然有心想娶我闺女,怎不叫上媒人把聘礼送到我门上?"吴国太看似责备的话语里,满是对刘备的提醒和包容。

"怕一大早过于打扰到国太,再有就是郡主还没松口,我刘备不想做强人所难之事。"刘备慎重地回复。

"也是,婚姻是两相情愿的事。"说完,吴国太也没进屋,就告辞了。

"国太慢走。"刘备送吴国太到院门外。

"你留步吧!我随处走走。"

刘备毕恭毕敬目送吴国太离开。多好的贤婿,吴国太想。她随后就往孙尚香的秀苑走,快到秀苑时,又觉得有些话还是在自己房内说方便,于是,就一面派丫鬟传话孙尚香,一面打道回府。进屋刚坐定,就有孙尚香的丫鬟过来回话,说小姐病了,不能来。

"有没有派人下山请大夫。"吴国太问。

"没有。"传话的丫鬟说。

"你们还不赶紧派人去吴侯府请大夫。"

"我这就回去传话。"

"等你再跑回去,小姐的病早耽搁了,这样,我这边派人去请。"吴国太说着,就让贴身丫鬟把院内的秦管家叫来。转眼间,一位干净利索四十出头的管家就到了跟前。

"你赶紧下山,去吴侯府给小姐请大夫。"说着,吴国太交给秦管家一枚雕刻梅花图案的方印,这是进出吴侯府的凭证。秦管家接过方印,小心揣进口袋后,急忙下山。

鲁肃从吴侯府出来,走在街上,正苦苦思索,发愁不知该如何接近孙尚香,就迎面撞上了秦管家。鲁肃知道他是吴国太的管家,见他脚步匆匆,便问他下山何事?秦管家知道鲁肃是孙权身边的谋臣,就把为孙尚香请大夫的事说了。

"为小姐请大夫的事就交给我吧,你先回去,我负责带大夫上山给小姐治病。"

秦管家正怕自己在吴侯府转向,耽误工夫。现在有人愿意代劳,那是求之不得。于是,谢过鲁肃,转身回山复命。

第十五章 孙尚香病倒

那日孙尚香在北固楼看比武招亲,她正在心里为陆逊加油时,没想到杀出个赵云,孙尚香尽管不知赵云的名字,但她认得赵云,因为孙尚香初次下山,就在铁瓮城遇到了赵云。为了一匹丝绸,两人还经过一番打斗。孙尚香只恨自己不是男儿身,不然就可以再下山找赵云报仇去了,没想到,赵云倒上山来搅她的婚事。孙尚香当场就气得血往头上冲,恨不得立即跳下去,和赵云拼个你死我活。但是,那会儿,孙权已经动怒,且士兵齐上,把赵云押去大牢。就这样,也难消孙尚香的心头之恨。

回到闺房,丫鬟们见孙尚香又气又恨,情绪低落,就变着法安慰孙尚香。丫鬟小红说,赵云不是来搅局的,有可能是赵云壮士也看上了小姐。

"乱说什么?"孙尚香眉头紧蹙。

"小姐长得人见人爱,英雄爱美人,是可能的,更何况小姐还是女中豪杰。"丫鬟小云附和。

孙尚香想想也是,可是她真怕好事被搅黄。

"不会的,一看赵云就不是陆将军的对手,还有那个刘备，论武艺也敌不过陆将军。小姐，你就安心养病，等明日吴侯气消，重摆擂台时，陆将军肯定获胜。"

丫鬟们一番好言相劝后，孙尚香稍稍宽了心，可是一大早就被敲锣打鼓声惊醒，派丫鬟出去打探，得到的消息却是赵云带着迎亲队伍，上山来替刘备迎亲了。这能不叫人生气嘛！

"你说什么，你再说一遍。"孙尚香怕是自己的耳朵出了毛病，要回话的丫鬟把在外面看到的再说一遍。

"外面已传遍了，说刘备要娶小姐。"丫鬟胆怯地望着孙尚香，又进一步说道，"娶亲的烟酒和糖果都送来了，迎亲的队伍里有好多人都吃到了小姐出嫁的喜糖。"

"什么？都吃到了我出嫁的喜糖！"孙尚香气得脑袋发烫，两眼冒火。偏在这时，又有侍从进来禀报，说陆将军找刘备决斗，被吴国太赶走了。

这消息不亚于霹雳打在孙尚香的头上，孙尚香觉得自己的脑袋要爆炸了，她用手扶着脑袋，眼前一黑，就晕倒在了梳妆台上。

"小姐，小姐！"丫鬟们惊慌起来，赶紧把孙尚香扶到床上，平躺。孙尚香缓缓睁开眼，有气无力地问："我这是在哪？"

"小姐，这是在你自己床上。"丫鬟们回复。丫鬟小红俯下身，问要不要请大夫？孙尚香摇摇手，说自己躺一下就好了。

但是，孙尚香已躺了半个时辰，一点力气也没恢复，挪动一下身子都感到头晕。丫鬟小云端来一碗小米粥，用汤匙舀着喂孙尚香，仅喂了两口，孙尚香就把昨夜进的食物全吐了出来。

"小姐。"丫鬟们跪在床边喊。孙尚香努力睁开眼，说自己困了，然后就睡去了，直到吴侯府的田大夫过来，孙尚香才微微睁开眼。

在丫鬟们的帮助下，田大夫通过一根红线给孙尚香把了脉，并给孙尚香开了药方，要守在门口探望病情的秦管家随他去取药。秦管家把药取来，交给负责煎药的丫鬟后，又到吴国太那儿复命。吴国太得知女儿没有大碍，这才稍稍放下心来。

第十六章 鲁肃治心病

丫鬟把药煎好，孙尚香不肯喝，坚持说自己没病。

"小姐，你就喝一口吧！"小云端碗，小红用汤匙盛药，送到孙尚香嘴边。孙尚香背过身子，两个丫鬟又绕到床的另一边，苦口婆心地劝说，好希望小姐能喝一口。

"喝什么喝，说了多少遍了，我没病。"孙尚香火了，手一挥，把汤匙推落在地。药碗在小云手上端得比较紧，没被推落，但是，碗里的药洒出了一半。

丫鬟们连声叹息，不知该怎么办。撤换掉床单，把地面收拾干净后，丫鬟们不死心，把剩下的药温热好，又端到孙尚香面前。孙尚香指指痰盂，小红以为小姐是要吐痰，就把痰盂捧到孙尚香面前。孙尚香也不说话，接过小云手上的药碗，把药全部倒进了痰盂。

"小姐——"

丫鬟们急得不知如何是好，孙尚香闭上眼，有气无力地躺倒在床上。傍晚时分，有大夫来给她复查病情，孙尚香听到动静后大喊："我没病，让大夫走。"

丫鬟小云奉命出来，正想说"小姐不想见大夫，请大夫且回吧！"可没等她开口，大夫已不顾众丫鬟阻挡，从院子里快速穿过，到了跟前，然后以更快的速度跨进了门槛。丫鬟小云不知该拦还是不拦，本能地往后缩了缩身子，以方便大夫大踏步地进屋，而不至于碰撞到她。

"我知道小姐没病，"大夫一进屋就说，"我是例行职责来回访的，看一眼就走。"但丫鬟小红挡在房门口不让进，"你不是上午请来的大夫。"丫鬟小红说。

"我是田大夫的助手，是专给小姐送药方来的。"

"你刚才不是说，我们小姐没病吗？"丫鬟小云抓住了大夫说话的破绽。

"嘘！"大夫打了个噤声、以防隔墙有耳的手势，然后，神秘秘地说，"我的药方是不吃药不打针。"说完，又诚恳地补充道，"等我看过你家小姐后，若你家小姐的病还不好，你们可以派人来取我的脑袋。"

哪有大夫看病主动赔上脑袋的。见大夫这样说，丫鬟们也不好再拒绝，毕竟，她们也希望小姐快点好起来。于是，丫鬟小红挪开身子，示意大夫往里屋走。

"小姐，大夫来看你了。"丫鬟小红轻声对孙尚香说。没想到，孙尚香触电似的从床上反弹起来，刚刚，她还是病恹恹、有气无力地躺着，此刻就像打了鸡血。就见她半坐在床，像狮子似的吼叫开来："我没病，没病，不要大夫，不要大夫。"

"郡主，我知道你没病。你是心烦，想逃避，但有的事是逃避不掉的，只有面对才能解决。"

这话点中了孙尚香的心脉，孙尚香像泄气的球，倒了下来，好半天，才冷冷地问了声："你是谁？"

"我是——"大夫见丫鬟们站在跟前,便欲言又止。孙尚香挥手,示意丫鬟们出去。大夫这才开口,说他叫鲁肃,是郡主哥哥的朋友,特地来看郡主的。他这身大夫行头是向田大夫借的,好方便来见郡主。

原来,鲁肃安排田大夫给孙尚香看病后,他就坐在医馆等田大夫。田大夫一回医馆,鲁肃就问了孙尚香的病情,田大夫说,人看起来萎靡不振,脉象无力,有点乱,应该没有什么大碍,可能是心烦的缘故,开几剂安神药,先吃吃看,但主要还是要靠病人自己心里调节。鲁肃在了解到这番病情后,就向田大夫借了这副大夫的行头,趁傍晚天色暗,上了北固山,蒙混进了秀苑。

为了套近乎,鲁肃搜肠刮肚地说:"你不认识我啦?从苏州迁都过来时,还是我抱你上的马车。"

孙尚香想了又想,记起了当时的情景:因为马受了惊,拉着空马车就跑,有人把马拉回来后,她害怕,不敢上马车,后来就有一位看起来比较高大忠厚的汉子将她抱上了马车。那汉子的轮廓和眼前的鲁肃有点像,应该就是他。

鲁肃和孙尚香套上近乎后,为了便于沟通,便把大夫的行头脱下,放在凳子上,露出了真实身份。

"郡主的病因源于'情爱',因为郡主的内心已有了选择,换成我,也会选年少英俊的。"鲁肃单刀直入地自说自话。

"可是,事与愿违,偏偏又遇到了一个不肯让步的刘备,自导自演了一场人人皆知的爱。嫁给刘备,郡主心有不甘,哪有一个美如天仙的少女放着俊秀的少年郎不嫁,要嫁给一个半老头子!"鲁肃的话句句说到了孙尚香的心坎上,想不到自己理不出头绪的心事,被一个外人剖析得如此透彻。孙尚香不由得慢慢坐起,隔着帐幔重重叹息一声。鲁肃接着说:"论爱情,郡主是该嫁给陆逊,但为东吴的子民和你母亲着想,还是嫁给刘备好,尽管他是一个半老头子,但他不失为一位明君。只恨我不是郡主,膝下又无女儿,不然——我,包括我的女儿就会替郡主出嫁了。"

"为什么?"孙尚香不解地问。

"因为,这是一份荣耀。"

"可我只要爱情。"

"但是,女孩的名节比爱情或许更重要。"鲁肃的话点中了孙尚香心里的死结。她觉得自己没有资格爱陆逊了,因为在和陆逊交往前,她已见过刘备,而且刘备已向她表白。尽管她没有接受,可是,那毕竟是第一个向她表白的男人,陆逊会不介意吗?更何况刘备已派人敲锣打鼓地上山吆喝着要娶她。

"有些爱是注定没缘分的,如果有缘分,早在刘备上山前,你就应该会和陆将军走到一起,因为他就在东吴,离你很近。而不是要等到刘备出现后,他才出现在你的生命里。"鲁肃循循善诱地说。

孙尚香没有接话,鲁肃看出了孙尚香内心的挣扎,他收住话头,静静等待孙尚香的回复。终于,孙尚香向鲁肃开口道:"你能安排我和陆将军见一面吗?"

"可以。"鲁肃毫不犹豫就答应了。

"郡主,你多保重!"鲁肃不再唠叨,起身告辞。

第十七章 哭成泪人

第二天,月亮刚升起,鲁肃就派人上山送信给孙尚香,说有人在半山腰的树林等她。

孙尚香在丫鬟的陪同下,走到约定的地方。陆逊已等候在那儿,一见到孙尚香,陆逊就迫不及待地迎了上来。

"你知道我有多开心嘛!听到郡主约见我。"陆逊喜形于色地说。

"这是第一次,也许……也是……"孙尚香欲言又止。陆逊痴情地看着她,温柔的接过话头:"郡主不必说出来,我懂。"

"不,你不懂,也许——也是最后一次。"孙尚香快速地低声道,真怕稍有耽搁,会改变自己不得已做下的决断。

"为什么?难道我们不够相爱吗?"陆逊着急地问。他不相信这是真的,以为是郡主在和他开玩笑。

"相爱又能怎样,刘备已上山迎娶。"孙尚香平静而无奈地说。

"他那是强盗行为,不顾郡主名声,要不明天,我也派人,比他还盛大,抬着花轿上山娶你。"陆逊说着,拉住了孙尚香的手,唯恐孙尚香走脱。

"你又何必自讨没趣呢!明知我母亲不喜欢你。"孙尚香的话令陆逊有点泄气,但他很快就从被吴国太赶走的狼狈中振作起来,说只要他足够爱她女儿,相信老人家有一天会喜欢他的。

"可是,那要等到哪一天呢?她眼前就有喜欢的女婿!"见陆逊无话可答,孙尚香突然又埋怨起来,"你为什么不早点认识我呢!哪怕早一步也好。"

"也许是上天故意想考验我们。"陆逊解释。

"可我经受不起考验。"说着,孙尚香便抽抽搭搭哭泣起来,陆逊想起口袋里还装有孙尚香的手帕,便掏出来替孙尚香拭擦眼泪。

陆逊爱怜地把孙尚香搂抱在怀里,孙尚香越发哭得不可止。

"看月中嫦娥,她在偷看我们呢!"陆逊想逗孙尚香开心,可孙尚香哭得像泪人,好半天,才止住哭。

"我把对你的爱,全化作泪还给了你。"孙尚香突然说,没等陆逊反应过来,就从他怀里挣脱,带着那块被陆逊体温捂热、又被她泪水沾湿的手帕,转身跑开。

"郡主。"陆逊喊了一声,想追上去,但是,站在不远处放哨的两个丫鬟已走过来,扶着孙尚香离去。

第十八章 且做局外人

见过陆逊，把心里的委屈一股脑儿道出后，孙尚香的精神好了许多，她开始主动吃饭。这天，早饭后，孙尚香去给母亲请安。吴国太正在佛堂念经，听说女儿来了，便高兴地出来对孙尚香说：

"我刚求了菩萨保佑你病好。"

"谢谢母亲替孩儿操心。"

"傻孩子，跟母亲还客气。快让母亲瞧瞧你的气色，"说着，吴国太就用手去摸孙尚香的脸，一边摸一边瞧，"瘦了，气色也不佳，得好好补补。"

"哪里？我好好的。"孙尚香故意捏起脸颊上的肉给母亲看，但吴国太已吩咐丫鬟，传话厨师去宰只老母鸡煲汤给孙尚香喝。

"今天，你就在我这儿吃午饭，我们母女虽然住得相隔不远，但已好长时间没在一块吃饭了。"吴国太一边说，一边轻拍孙尚香的手，那是一种难以言表的母亲的关怀。孙尚香顺从地点头，然后，母女二人手拉手到卧室内说知心话。

吴国太的住房是两开三进深，除院落和后庭外，左边第一进是休闲厅，中间是餐厅，最里一间是卧室，左边三进的门不对外开，是内部相连；同样，右边也有三进，前两进是给门房和丫鬟们用的，最后一进单独辟了出来，给吴国太做佛堂用。所不同的是，右边的第一进有门开向院落，这样，方便客人到访。

母女二人聊了一些知寒问暖的闲话后，吴国太转入正题，问女儿和刘备的婚事考虑得怎样了？

"全凭母亲做主。"孙尚香回说。

"你认可母亲的想法？"吴国太又问。

"哪有母亲不为自己女儿好呢！"孙尚香很懂事地说。

"这倒是。"见孙尚香不反对，吴国太便点头道，"如此，也了却为母的一番心愿，我儿天生就命好，觅得龙中龙，方成凤中凤。"

"母亲满意就好。"孙尚香回了句，然后就不再说话。后来吴国太就说，既然选好了夫婿，就要把媒人叫来，商定婚期。孙尚香听母亲说着，自己也没有反应，好像婚事与自己无关，她是个局外人。

"我和你说的，都听到了吗？"吴国太感觉出孙尚香走神了，便打住话头问。孙尚香愣了下，找理由回说：

"我有点困乏了，一切由母亲定夺，女儿没意见。"说完，孙尚香就要告辞。吴国太想女儿病刚好，也就不再往下说，要孙尚香到她的床上躺一会儿，等喝过鸡汤再走。于是，孙尚香就到母亲的床上躺了下来。她有点恨自己长大，要是永远那么小，就可以一直无忧无虑地睡在母亲的床上了。

快吃午饭时，吴国太叫醒孙尚香（其实孙尚香只是假装睡着,她的脑袋想东想西,一刻也没休息)。母女二人坐在一起吃饭,吴国太给女儿夹菜盛汤,但孙尚香似乎没有食欲,仅喝了两勺鸡汤,吃饭时也不说话,若不是吴国太忙着夹菜,好像空气都要凝固了。

"回去,好好调养一下。"吴国太叮嘱孙尚香,孙尚香机械性地点头。

"你们要好生伺候小姐。"吴国太又叮嘱孙尚香的两个丫鬟。最后,叫两个丫鬟把剩下的鸡汤带回去给孙尚香喝。

第十九章 商定婚期

吴国太觉得女儿的婚事宜早不宜迟。在孙尚香走后,她便派秦管家下山去请乔国老。

"你就说我有事找他,要他随你来趟甘露寺。"吴国太交代秦管家。

秦管家的脑袋机灵,腿脚利索,领命后便快速下山,沿铁瓮城墙绕道半圈,在西门口处上一条官道,又走了一会儿,就到了乔国老住的乔家门。这是西郊外的一个小镇,八九户人家,三面环山,有种与世隔绝的感觉。乔国老把家安在这儿,也是想修身养性。因为乔国老生了两个标致的女儿,又觅了两房远近闻名的好女婿,乔国老也跟着沾光,成了人人皆知的岳丈。

秦管家没费事就找到了乔国老家。不巧的是,乔国老看起来有点不高兴,因为,他刚和自己的小女儿小乔进行了一场争论。

小乔平日里难得回家,自从有了帮孙尚香和陆逊喜结连理的念头后,小乔便时常回家了。她想说服父亲站在自己一边,但乔国老就是不答应。

"爹，陆将军和郡主是天生一对。"

"这我不管，我牵线的是刘备和郡主。"

"若是你自己女儿，你会把她嫁给一个半老头子？"小乔拿自己作比较，想以此打动父亲。但乔国老却固执地回了句："人命各不同，她先认识的是刘备。"

"刘备不合适她。你就行行好，等陆将军比武打败刘备，你就出面把刘备回了，他也不可能有怨言，这叫愿赌服输。"

"人家心里压根儿就不想赌，一定是我那好女婿——你的好相公出的馊主意，在背后逼人家，要那样，我就更不能给陆将军和郡主牵线了。"乔国老说。

"为什么？"

"不想背后被人骂。朝三暮四不是你爹我能做出的。"

"爹，你就是木鱼脑袋，你从不为郡主的幸福着想。"

"以后你会明白婚姻是天注定的。"乔国老毫不让步地正说着。有家丁来通报，说吴国太派人来请国老了。

"你看，我说的没错吧！婚姻自有天注定。"说完，乔国老也顾不得女儿发愣，就走出内屋，到客厅见秦管家。然后，随秦管家一道上山来见吴国太。

亲家两人见面后，稍稍寒暄了两句，吴国太就切入正题，问乔国老知不知道今天叫他来所为何事？乔国老也不绕圈，直接回答，说一定是郡主的婚事有了眉目。

"什么都瞒不过亲家，还是亲家懂我。"吴国太眉开眼笑。

"不是懂你，谁叫我是媒人呢！"乔国老风趣地回说。

"你这个媒人当得好啊！"吴国太给乔国老竖起大拇指。乔国老反倒有些犹豫，问："郡主她同意吗？"

"就是她同意了,我才叫你过来商量,你看婚期放在哪天合适?越快越好,免得夜长梦多。"吴国太虽然不大出门,但对女儿的几个追求者还是一清二楚,尤其是那个陆逊,上次,若不是被吴国太撞见,真有可能会和她的准女婿刘备拼个你死我活。要那样,不是害了女儿嘛!吴国太不希望女儿的婚事再生出什么波折。只有选好日子,尽快结婚才好。

乔国老翻开随身带来的老皇历,说后天就是黄道吉日,过了后天,要再等一个月才能操办喜事。

"那就后天让他们结婚。"吴国太觉得等一个月时间有点长,稍加思索后,就把女儿的婚期定在了后天。

"后天,是不是太匆忙了点?"乔国老问。

"有什么匆忙的,新郎新娘近在咫尺,烟酒、喜糖等聘礼,新郎几天前就已派人送到甘露寺。你去通知一下刘备,叫他送过来就是了。"

第二十章 巧设软禁计

事不宜迟，选好日子，乔国老当即就去甘露寺找刘备。刘备一听，要他后天结婚，直接不敢相信自己的耳朵。

"国老，你不是在开玩笑吧？"刘备给乔国老恭恭敬敬沏了杯茶水后，谨慎地问道。

"开玩笑，我哪有时间和你开玩笑。是真的，郡主早上特地过去和她母亲说，要嫁给你。女儿要出嫁，当娘的能拦吗？再说，你待在山上不就想抱得美人归嘛！"

"国老，您真是我的再生父母，请受刘备一拜。"说着，刘备就跪下给乔国老磕头。乔国老连连说："不敢当，不敢当。"然后把刘备拉起。刘备兴奋得不知怎么是好。

"三媒六证，接亲的烟酒和鱼肉听说你早准备好了。"

"是的，早准备好了，放在地窖里呢！"

"那就叫人拿上来，随我一并送到吴国太处。"

"那国老您稍坐，我这就去办。"说完，刘备就起身到后院，正好赵云在后院看书，刘备就对赵云耳语了一番。不一会儿，赵云就带人从地窖里把礼品全部搬出，随乔国老送到了吴国太处。收到聘礼后，吴国太随即派人分头去通知孙权和孙尚香。

"小姐这么快就出嫁啦！"是吴国太的丫鬟来传话的，孙尚香的丫鬟得知后却忘了给小姐道喜，因为婚期来得太突然，小云和小红同时惊讶起来。孙尚香倒没什么，反而淡淡地说了句："早嫁晚嫁都是要嫁。"见传话的丫鬟不走，便又说了句，"知道了，去吧！"

丫鬟这才回去复命。

到孙权处传话的是乔国老，乔国老在路上碰巧遇到鲁肃，转念一想：最初就是鲁肃带刘备到他家的，由鲁肃去传话比他合适，至少他可以回去在闺女小乔面前交个差，不然，女儿还以为是他乔国老一心在撮合这桩婚事呢！

孙权得知妹妹的婚期后感到很吃惊，对传话的鲁肃吼道："这未免也太便宜刘备了。"

"谁让国太和刘备有缘，吴侯又是个孝子呢！"鲁肃把吴国太抬出来，那意思很明显，是吴国太做的主。对自己的母亲，孙权也不好过多抱怨。可是，他终有不甘——把妹妹嫁给刘备，本来只是诱敌的，怎么反倒让刘备称了心？孙权越想越气，但又不好发作。于是，他挥手把鲁肃打发走。

鲁肃一走，孙权就给周瑜写了封密信，派人火速送往，说有要事相商，要周瑜无论如何连夜赶回。接到信后，周瑜立即启程，快马加鞭往回赶，到铁瓮城已是夜半时分。周瑜见城门紧闭，就在城下高喊，守城的人见是周瑜，以为出了什么军情，忙不迭打开城门，让大都督进城。

吴侯府灯火通明，孙权正焦急地坐等周瑜。因此，周瑜一到吴侯府门口，就有护卫迎上来，带周瑜去见孙权。孙权一见周瑜就深深哀叹了一声。

"如果我没猜错的话,吴侯一定是为郡主的婚事烦心。"

"你说的没错。你说,那个大耳贼哪来的好福气。当初,只是以我妹妹为幌子,我们把他骗过来,是想胁迫他交还荆州的。可如今,非但胁迫不了他,反而让他如愿娶了我妹妹,连陆逊都不是他对手。"孙权气愤难平地说了一大通。

周瑜知道,因为吴国太的参与,在这场婚姻博弈中陆逊已经出局,刘备和孙尚香已假戏真做,就要洞房花烛。既然如此,只有将计就计。理了理头绪后,周瑜对孙权说:

"主公息怒,郡主嫁给刘备也不是什么坏事,若趁势把刘备软禁在东吴,倒不失为一条妙计。"

孙权一听,有些纳闷:"此话怎讲?"

周瑜如此这般分析了一番,最后说:"但是这需要郡主的配合。"

由于兄妹的感情比较深,孙权犹如吃了定心丸,他想妹妹一定会听从自己的安排。

交谈中,不知不觉,天已大亮。孙权起身,伸了个懒腰,不无疲倦地对周瑜说:"古人是秉烛夜读博功名,你我是促膝交心为婚事。"

"应该说是为荆州。"周瑜严谨地说。

"对对对,促膝交心为荆州。"说着,孙权爽朗地笑了起来,周瑜也跟着大笑。

第二十一章 荆州做陪嫁

没顾上吃早饭,送走周瑜,孙权便来到了妹妹孙尚香的住处——秀苑,这是孙权特地给妹妹建造的闺房。有四五间楼阁呈U字形排列,楼阁之间有回廊相连,回廊上的圆柱一律是大红色,看起来既气派又亮丽,院内有花卉水榭,从一条紫藤搭的花径进去,一扇满月形的院门把它与外界分开。

孙尚香正坐在梳妆台前打扮。她已好久不打扮了,心想:明天就要出嫁了,自然选择了刘备,心里就不能再装有别人。她要开始一段新生活,从爱惜自己开始。于是,孙尚香刻意画了眉,并涂了腮红,且在耳朵上挂了耳坠,见孙权进来,便连忙起身行礼。

"咱兄妹私下见面,就免礼吧!"孙权摆手,让孙尚香坐下说话。丫鬟们送来果品和茶水,孙尚香起身接过,把茶水端到孙权面前,说了声:"二哥请用茶。"

"你是我最疼爱的妹妹,明天起,你就长大了,应该二哥亲手给你端杯茶水才是。"

说着,孙权就要起身接茶盘里的水,但孙尚香已抢先从丫鬟手上接过，并说了句："有二哥这句话就足够了。"

"二哥知道你是个孝顺的孩子，为了母亲和东吴才选择刘备的。"

"我没二哥想的那么好，我是不想糟践自己的名声，不想被人误认为水性杨花。"

"不管你怎么想，这场婚姻里，你受委屈了，为补偿你，我会把荆州做你的嫁妆。"

"多谢二哥！"

"你别忙于谢我，这份嫁妆是附有条件的。"

"什么条件？"孙尚香问。孙权看了一眼旁边的丫鬟，孙尚香会意，要丫鬟到门口把风。这时，就听孙权压低声音说：

"结婚后，你不能对哥隐瞒刘备的举动，因为，荆州是东吴的，哥哥为你，才违背东吴兄弟们的意愿，把它当成嫁妆给你。你要知道，这份娘家给的嫁妆是你的婚前财产，你可以充分享有它，但对没有血缘关系的刘备，我们只是答应暂把荆州借给他。你能明白我的意思吗？"

孙权拉起孙尚香的手，血浓于水的兄妹之情在孙尚香的内心激荡，她漠然地点了点头。

"今天的谈话，就我们兄妹两人知。你可以要婚姻，但你不能忘了荆州和东吴。"孙权又补充道。

"哥哥放心，你的话——小妹我已铭记在心。"孙尚香如梦初醒，似乎理清了头绪。

"那好，我会风风光光把你嫁出。"说完，孙权便走了出去。同时，传令撤走了沿山埋伏的刀斧手。

婚礼那天，孙权亲自主婚，让孙尚香和刘备在甘露寺一楼大厅拜堂成亲。陆逊也参加了孙尚香的婚礼，他是带着和刘备决斗的心理来的，他的长袍里藏着飞燕剑。有两次，他手按剑柄，想抽出宝剑，被周瑜发现，及时劝阻了。"你小子想坏郡主的好事，是吧！男子汉大丈夫，要拿得起，放得下。"见陆逊咬着牙，一副气不平的样子，周瑜又重重地说了句，"什么是爱，爱就是要学会成全。"

陆逊只得强压住心中的愤恨，眼睁睁看着刘备娶孙尚香。何以解忧，唯有杜康，最后，陆逊喝得烂醉如泥，嘴里喊："我没醉，再喝两坛都不会醉。"

酒宴后，陆逊被卫兵徒手抬下山，在军营外的江滩上睡了一夜。在山上虽然醉得不行，但到江边经风一吹，人清醒了一半，他不肯回军营，就在江滩上踉踉跄跄地走，最后走到上次孙尚香坐的那块礁石处，腿一打晃，人就趴在了礁石上。有卫兵想拉起他，他死活不让拉。

"你们都给我走，走得远远的，不要烦我。"

卫兵们不敢违命，只得远远站在沙滩上，陪了一夜。第二天，太阳升起时，陆逊醒了，他问卫兵，他怎么睡在地上？

"将军，昨晚你喝醉了。"

"喝醉了，怎么可能呢！我是千杯不醉。"说着，陆逊就翻身而起，大踏步地往军营走。两个卫兵跟在后面，一边暗暗窃笑，一边追赶。

其实，昨日的婚礼现场，还有一个人手按着宝剑，准备随时出击，那人就是赵云。陆逊的举动没瞒过赵云的眼，如果陆逊出手的话，那应战陆逊的一定是赵云，他是带着誓死也要保刘备周全的使命出席的。因为,诸葛亮得知刘备成亲的消息后,随即就给赵云做了一番交代,同时,也以沾喜气为由,给赵云加派了八九个伪装成亲友团的弓箭手,如果陆逊出击的话,那么保护刘备的人一定会回击。幸好周瑜发现及时,周瑜的料事如神,并不比诸葛亮逊色。

第二十二章 洞房布阵

　　成婚当日，孙尚香想考一下刘备的胆量，特意在洞房内安排了十个侍女，她们个个会舞刀弄枪。酒宴结束后，刘备刚迈进洞房，侍女们便从房梁、窗沿和帐幔后杀出来，吓得刘备抱头直喊："夫人救我。"

　　孙尚香咯咯直笑，但刘备已面如土色，退到了门外，他以为是孙权派的刀斧手来暗算他。孙尚香见刘备吓得跑出去，知道玩笑开大了，就赶紧掀开盖头，追出来，正好遇见在外守护的赵云。赵云设法上前护主，被刘备喝退到了一边：

　　"你不回去，无事跑这儿来干吗？"

　　"我想走前，来和主公打声招呼。"赵云说。

　　"走吧，走吧！"刘备不耐烦地朝赵云挥手。这时，孙尚香已到跟前，她见是赵云，心头不由得漫上一股恨意，只是新婚之际，又不便发作。

　　"还不快拜见你嫂子。"刘备见状，赶紧打圆场。赵云朝孙尚香拱手而拜，孙尚香冷冷地站在原地，没有回礼。赵云知道孙尚香是生他气，就又说了声"祝哥哥嫂嫂百年好合"的话后，要转身离开。

　　"走吧，走吧！"刘备再次朝赵云挥手。

"罢了！天色已晚，就让他在山上留宿一晚，明日再走不迟。"孙尚香心里突然起了一层宽容，说完，不等赵云致谢，便转身回房。刘备也跟着回房，心想：夫人对赵云都如此挽留，对他自然就不会有恶意。

再说，赵云原本就没打算今夜回去，他不放心刘备，怕有事需要召唤，现有孙尚香挽留正合心意，当日就在甘露寺下房住下。

刘备知道了夫人是在考验他的胆量，有点羞愧刚才的惊慌失措，但是凡事都有万一，因此，随夫人进房后，还是本能地朝房梁上察看一番，又掀开窗帘和帐幔看了又看，唯恐有什么刺客闯出来。

"夫君，真的没有外人，除了我的这些侍女。"孙尚香柔声细语道。

"你摸摸我的心跳。"刘备把孙尚香的手握住，放到自己胸口，刚才的惊恐还没完全退去。孙尚香感觉刘备的心跳如鼓槌在敲。没想到刘备这么胆小，孙尚香有点后悔刚才对他的考验。

"夫人，以后不开这样的玩笑，好吗？"稍稍平定后，刘备恳求道。孙尚香点点头，起身喝退左右，命令她们，以后不经允许不可以进她房间。

刘备对孙尚香温存有加，百依百顺。从此，是花前月下，形影不离。这样，不觉就过了三个月。这期间，孙权派人过来打探，看到的都是卿卿我我的场景。孙权很满意，心想：就让刘备在甘露寺做个悠闲自在的新郎，让儿女私情瓦解掉他的壮志。

第二十三章 "乐不思荆"

东吴这边是高兴了，但是，待在荆州的诸葛亮听说刘备日日欢娱，却急得像热锅上的蚂蚁。按照他们君臣约定，是要向西拓展——建国立业的，如此下去，群龙无首，还怎么开疆拓土？诸葛亮思来想去，最后把赵云叫他跟前，交给他三个锦囊妙计，叮嘱他无论如何要带刘备离开东吴。

这天，赵云装扮成一个老仆人上山来见刘备。当时，刘备正陪孙尚香在后花园赏花，有仆佣来通报，刘备就发话叫来人候着，直到孙尚香赏花累了，坐在廊亭下休息，刘备才出来相见。看到赵云这身打扮，刘备差点没认出。对赵云的到来，刘备很惊讶。赵云说："兄弟们都想主公了，尤其是军师诸葛亮。"一席话点醒了刘备。大丈夫，除了美人，也爱江山。于是，刘备决定把赵云留下，商讨回荆州事宜。

孙尚香正坐在廊亭下休息，恰巧有只蜻蜓飞来，孙尚香就忍不住和丫鬟们比赛扑蜻蜓。就见孙尚香拿出荷叶扇，迈着碎步，轻轻靠过去，但就在扇子落下时，蜻蜓飞走了。也许，蜻蜓是感觉到了香气和袖子飘动的风声，或是扇子扑下来的那阵清凉，总之，每次眼看要抓住它时，它就飞走了，它越飞走，孙尚香就越想抓住它。丫鬟们也配合小姐，笑盈盈地舞动罗裙，轻扑团扇，可就是抓不到。

"笨死了。"孙尚香笑骂丫鬟。丫鬟们也不生气，咯咯地笑。最后，小红提议说："要不，让姑爷来抓。"这倒是个好主意，丫鬟们响应，孙尚香就派丫鬟小云去叫。刘备来后，轻而易举就抓到了蜻蜓，感觉这只蜻蜓栖上枝头就是专等刘备来抓的。

"夫君好厉害！"孙尚香给刘备鼓掌，刘备把蜻蜓献给夫人。孙尚香眼里心中都如灌满了蜜，一手逗蜻蜓，一手挽刘备，幸福地往回走。

到家，刘备叫赵云出来拜见夫人。孙尚香一眼就认出了赵云，只是不明白赵云为何这身打扮？刘备向孙尚香解释，说赵云打扮成老仆人，是方便进出。

"这不是委屈了赵将军。"孙尚香说，也是她今天心情好，说话的语气都温柔。

"自家兄弟，谈不上委屈。"刘备替赵云说。

"就是。"赵云点头附和。其实，赵云装扮成仆人，是诸葛亮给赵云的第一条妙计——深入内部。赵云一到铁瓮城，拆开锦囊就明白了，于是，在一家裁缝铺，买了身老仆人穿的灰色粗布行头，找了个僻静处换上。

为留赵云在甘露寺，刘备对孙尚香说，"夫人，实不相瞒，赵云此番来，是做我保镖的。"怕孙尚香多心，刘备又补充道，"是我特地请他来保护我的。"

"夫君真是多虑了，谁会加害你？"

"我娶了东吴郡主，难免会遭人记恨，难保一些想娶郡主而不得的人对我心生妒意！更何况吴侯还以荆州做陪嫁。"孙尚香思量着，没有吭声。这时，刘备又小心谨慎地加了句，"还望夫人替我保密。"

孙尚香点点头。就在这时，丫鬟小云在门外打手势，要孙尚香到门口，原来是孙权派人来探虚实，问找刘备的人是谁？孙尚香回说，是刘备的一位老仆人，想他了，过来看看。打发走了孙权派来的人，孙尚香回到屋内，就见赵云非常诚恳地对孙尚香说道："一介武夫赵子龙拜见夫人，还望夫人海量，原谅子龙的冒失。"这是压在赵云心里很久的话，自从他认出孙尚香是那天在铁瓮城和他打斗的女子后，就一直想对孙尚香说声抱歉，只是总找不到合适的机会，今天终于有了机会，让他把话说出。

孙尚香是聪明的，她明白赵云说的冒失，是指那天和她的交手。孙尚香虽是女流，但还是有度量的，她当即就说："来得正好，我正想找人切磋武艺。"说着就叫丫鬟把宝剑拿来。但赵云直往后退，说他这身打扮不适合比武，改天再比。

那怎么行，夫人的宝剑已经出鞘。最后，赵云和孙尚香勉强过了几招，但就这被动出手的几招，看的人无不称奇。很快，刘备有个武功高强的仆人就传到了孙权的耳朵。

一天，孙权以想妹妹为由，把孙尚香叫去叙兄妹情。孙权问妹妹刘备对她可好？孙尚香说，很好，她从没像现在这么幸福过。"那刘备有没有要离开东吴的迹象呢？"孙权又问。孙尚香就说，刘备没有要走的迹象。

"何以见得？"孙权追问，还说他这么关注刘备，纯粹是为妹妹的幸福考虑。假如刘备悄悄溜走了,留下妹妹怎么办?见哥哥这么替自己着想,孙尚香就对哥哥说:"刘备不会走,因为他雇了一个保镖。"

"这么说,那个仆人,就是他雇的保镖。"

"是的。"

"他叫什么?"

"好像叫什么子什么龙。"孙尚香故意含糊其词地说。子龙是赵云的字。古代男子除了名外,长大后还会有字或号,后两者也是名字的称呼,但隐含着一种志向。

"赵子龙。"孙权捻动紫须,重重说出这三个字。

"二哥你认得?"

"傻妹妹,谁不认识赵子龙,他可是刘备手下的一名虎将。"见妹妹一副木呆的样子,孙权又接着说,"有他做保镖,刘备万无一失。但是,你要提防他把刘备鼓动走。如有什么风吹草动,要立即派人来告诉哥哥。刘备既然娶了你,就要对你负责到底,我决不允许他丢下你不管。"

有哥哥做后盾,孙尚香觉得她的婚姻稳稳当当的。

第二十四章 打马北固山

刘备有心想回荆州，可心里又总放不下孙尚香，尽管赵云三番五次地催促，但刘备还是难以决断。

"主公，你应早做决断，不能让弟兄们久等。"这天午后，趁刘备一人在书房，赵云又来劝说。

"再等等吧！你刚来甘露寺，这时走，恐难以脱身。"刘备以孙权派人盯梢得紧而推脱。但是，半个月下来了，孙权派来盯梢的人一点也没松懈，时不时，就能看到有人从山间树林里冒出头来。

"主公，要不，我想办法去引开他们。"赵云见树林里有人头闪动，就想调虎离山。但刘备摇手，说暂且还是不要惊动的好。

"主公若放心不下夫人，何不带夫人一起走？"赵云看出了刘备的心事后斗胆提议。

"事情有你说得这般轻巧就好了。"刘备叹息道，"怎忍心她一个千金之身随我颠沛！"

"那主公也不能久困东吴吧！"赵云继续规劝。

"缓缓再说吧！"刘备依然不能决断。

赵云没辙了,深感有负军师重托。可身为将军,赵云又不甘心无功而返。要知道他是带着使命来甘露寺的,而且他在诸葛军师面前发了誓,那誓言犹在耳边:"请军师放心,赵云就是丢掉性命,也要把主公完好无损地带回荆州。"

"将军也要完好无损地回来。"诸葛军师拍了拍赵云的肩膀,然后交给赵云三个锦囊,每个锦囊里装有一条妙计。他叮嘱赵云,只有在关键时刻打开锦囊,妙计才会奏效,万不能轻易打开。

赵云牢记于心。此刻,他有点想打开第二个锦囊,但还是忍住了。

"身为将军,哪能轻易言败,百折不挠才是应有的品格。"赵云对自己说。同时,苦思冥想开来……

过了两天,赵云又旁敲侧击地提醒刘备,说荆州有一帮弟兄们正日夜盼着他,甚至把曹军在南阳蠢蠢欲动、准备随时来犯的话都说了出来。刘备被说动了,觉得是该离开东吴,但看夫人这般温柔娇美,又有不舍。

这天,刘备正在左右为难中,孙权来拜访他了。自从刘备到甘露寺,他二人这是第一次单独相见。论姻亲,刘备叫孙权一声二哥,孙权叫刘备一声妹婿,两人客客气气,一团和气,乐得孙尚香喜上眉梢。刚刚耳听吴侯驾到,孙尚香还有点担心哥哥为难刘备,想不到二人见面就冰释前嫌,真是一家人不说两家话。孙权说,没事顺便过来走走,无须拘礼,要刘备坐下说话。孙尚香亲自给哥哥和夫君沏了杯茶,然后退回内室,任由哥哥和夫君海阔天空地闲聊。

孙权问刘备在东吴生活是否适应、舒适,有什么不到之处,尽管开口,不要见外。刘备回说,甘露寺应有尽有,比自己想象得不知要好多少倍,话里话外都是感激,说着说着,不由说走了嘴,说了句"北人善骑,南人善舟"。刘备的本意是想借此话的后半句"南人善舟"来夸赞孙权的,没想到,孙权单单就在意前半句。

"玄德,你是笑话我不会骑马吗?"孙权脸色突然就阴沉了下来,大喊一声,"备马。"

瞬间就有卫兵牵了两匹马过来,孙权阔步向前,从卫兵手中接过马鞭,并甩一根马鞭给刘备。

孙权打马向前,刘备紧随其后。刚刚两人还有说有笑,转眼就翻了脸,孙尚香的心揪了起来,等追到门口,孙权和刘备早扬鞭向北固山下奔去。

孙权在前骑,刘备在后赶,他们没有穿山门,沿台阶走;也没有沿山间的小道往下奔;而是在山间小道北侧另劈了一条道,此道草木丛生,还没有人马走过,山体的坡度,少说也有六七十度。孙权扬鞭跃马,沿着杂草丛生的山体向山下飞奔,刘备不示弱,扬鞭并列飞奔,到山下,见孙权调转马头朝山上疾奔,刘备不敢懈怠,也快速调转马头,几乎和孙权同时到达山顶,两人对视了一下,二话不说,又开始赛马,来来去去,飞奔了五十个来回,马累得开始气喘,也没分出胜负。倒是在杂草丛生的山间蹚出了一条飞沙走石的道。此道在北固山西北侧,被后人命名为"溜马涧"。

从马上下来,刘备对孙权说:"今日赛马,我是开了眼界,南方人不但善舟,也善马,令玄德佩服佩服。"说着,刘备就对孙权拱手而拜。

"耳闻玄德髀肉复生，怕是空穴来风。"孙权面有不悦。

"仲谋多虑了。今日玄德侥幸赢个平手，主要是哥哥礼让，又给了匹好马。"刘备尽量挑好话说。孙权嘿嘿两声，算是答礼。

尽管赛马没分出胜负，在言辞上，刘备也有意示弱，但孙权还是看出了刘备潜藏的雄心壮志，想刘备绝非池中之物，放出去难保不对东吴构成威胁，唯有困他在甘露寺，东吴的江山才稳。孙权不动声色地走下山后，立即传令贾化往北固山加派人手，以防刘备跑掉。

第二十五章 悄治腿伤

在甘露寺待久了，刘备的大腿确实生出了赘肉，今日赛马全凭一腔士气，等赛马结束往回走，才感到两大腿根生痛，尤其是先往马上跨的右大腿撕裂样痛，连走路姿势都变形了，不能用力，要拖着腿走。一到家，赵云就赶紧搬凳子要刘备坐下，刘备痛的嘴里发出嘶嘶声，额头上豆大的汗珠往下落。

"夫君，这是怎么了？"孙尚香看刘备拖着腿进门，又这么一副强忍着痛苦的表情，便疾步过来，惊慌地拉住刘备的手。

"没事的，夫人，没事。"刘备宽慰孙尚香。

"还没事，看你痛得汗似水珠落。"说着，孙尚香就用衣袖替刘备擦汗，很快，丫鬟也端着热水，拿了热毛巾过来。孙尚香接过毛巾，继续替刘备擦汗。

"是不是我哥为难了夫君？"孙尚香问，刘备摆手，说不关吴侯的事。

"那怎么好端端出去，这副模样回来？"

"是玄德自己的事。"缓了缓精神后，刘备苦笑着倒出实情,"久不骑马,一下奔袭,不适应,拉伤了大腿。"

"那快让我看看。"孙尚香一副着急的样子,刘备示意要丫鬟们回避后,才拉下裤子。这一看,连自己都吓到了:两大腿内侧红肿发亮,右侧腿部还有淤血。孙尚香试着用手去摸,但那儿的皮肤痛得根本不能触碰。

"哦,痛!"刘备本能地把腿躲开来。

"这如何是好?得赶紧去请大夫。"孙尚香说着,就把丫鬟小红叫到跟前,要她通知管家下山去传唤大夫。

"夫人,"刘备忍着痛说,"这点小伤千万不要惊动大夫,我自有办法。"说完,示意赵云去打盆冷水,把毛巾在冷水盆里浸湿后,放在腿上冷敷。

"好点吗?"孙尚香问。

"好多了。"刘备咬牙做出一副轻松的样子。孙尚香还是不放心,说既然夫君不愿请大夫,那她就去母亲那儿要盒药膏过来,给涂上,这样,有助于伤势恢复。

"谢夫人的美意,真的不用惊动母亲。"刘备拉住孙尚香的手,不让走,说如果传出去,他骑马游玩,拉伤了腿,那准会被人笑话。

今日赛马,非同一般,是因刘备一句"北人善马"的话引起,若孙权知道刘备大腿拉伤,准会嘲笑刘备,什么"北人善马",然后,哈哈哈大笑。想到这些,刘备又怎肯去请大夫来,把伤情让外人知道,尤其是让孙权知道。那样的话,他情愿废掉这双腿。孙尚香虽没看出刘备的心思,但她还是善解人意地冲刘备笑着说:"夫君,你尽管放心,不会有人知道药膏是拿来给你用的。"说完,就对丫鬟小红耳语了一番。

丫鬟小红领命而去，不大一会儿，就拿了一盒虎骨药膏回来。是个方形如儿童手掌心那般大的木盒装的，木盒最外层贴有虎头，内里放有树皮样刮板，最里面才是药膏。药膏呈糊状，褐色，此膏是由续断、独活等二十四味中草药捣碎取汁，调和二十四两研碎的虎骨粉末，外加猪油熬制而成。

孙尚香从小红手里接过药膏后，开始给刘备上药。

"夫人，让赵云来吧。"刘备示意孙尚香把药膏给赵云。

"这种细活，还是夫人我做比较合适。"孙尚香说着，就打开盒盖，用刮板挑药，往刘备腿上小心翼翼地涂抹。赵云配合夫人，端着药盒步步紧跟。

"你怎么拿到的？没出卖主公受伤的事吧？"丫鬟小云把小红叫到边上悄悄问。

"我可没你傻。"小红说，"我找到国太的贴身丫鬟——就是上次带我们去见国太的那位姐姐，你还记得吗？她穿着绿裙子。"小云点点头。于是，小红就一五一十说出了讨要药膏的经过。

原来，小红到了吴国太的住所，正巧看到吴国太的贴身丫鬟——那位穿绿裙子的女孩在门口芭蕉树下给猫喂食，小红就轻轻走过去，叫了她一声姐姐，并和她套近乎，说猫长得又肥又大，真好看。确实，这是一只毛色灰白相间的猫，除了四只爪子是黑色外，肚皮雪白，看上去毛茸茸的，当初养它是为了抓老鼠，现在完全是当宠物在养。吴国太有事没事，还会把猫抱到腿上，这就使得丫鬟们对猫照顾得更加用心。

"小红，你怎么来了？"显然，丫鬟认识小红。

小红说，她自己不小心扭伤了腰，来跟姐姐讨盒药膏。

"我哪有什么药膏啊,你应该问你们郡主要。"

"我们郡主年轻轻的,不会有,再说这事也不能让我们郡主知道。知道了,郡主说不定会辞退我。"

"为什么?"吴国太的丫鬟不明白。小红就可怜巴巴地说:"因为郡主是习武的,她的手下当然也是健壮的,哪能钩一个菜篮,倒扭伤了腰,那不是弱不禁风了嘛!就是郡主不辞退我,姐妹们知道了也会笑话我。"

"那你就不怕我笑话你?"吴国太的丫鬟又问。

"我知道姐姐最善解人意,若怕你笑话,就不来找你了。"

那丫鬟听得受用,有心相帮,小红就趁势越发地求她:"姐姐,你就帮帮我吧!"

"我是想帮,可我也没有药膏呀?"

"难道你们国太也没有吗?"

一句话提醒了她,吴国太上了岁数,难免会磕磕碰碰,因此,药膏是必备的,前几日田大夫刚送了两盒过来,若向吴国太讨要,应该不难。于是,她就要小红在门外等,她去向吴国太讨要。

"千万不要说是给我用的,就说你自己用。"小红又对着她耳朵叮嘱一番。

"放心,我不会出卖你的。"说着,丫鬟就进去找吴国太了,她故意用手按着腰,哼唧唧地到了吴国太跟前。

"这是怎么了?"吴国太问。

"禀国太,奴婢不小心扭伤了腰。"

"小孩子,哪有什么腰?"吴国太笑了。

"人家真的很痛,国太,您就行行好,赏我一盒药膏吧。"

"药膏就在你那儿保管,还要赏!"吴国太越发笑了,以为丫鬟是在逗她玩。

"东西是您的,您不发话,奴婢哪敢用,您就行行好,赏我一盒药膏吧。"

"好好好,赏你一盒。"

一听这话,丫鬟立马就把手从腰间放下,给吴国太道了一个万福。

"怎么?不涂药膏,伤就好了。"

"不不不,痛痛痛。"丫鬟说着,又把手按在腰间,做出疼痛状。

吴国太看出丫鬟是给别人讨的,也不追问,反笑着在心里说:"能帮到人,总是好的。"

就这样,丫鬟拿来药膏交给小红,并对小红说:"以后做事小心点。"

"好姐姐,你对我的好,我记住了。"小红给她道了一个万福,然后就欢喜地把药膏拿回来了。

小红的话虽是对小云说的,但刘备听得是字字真切,他想夫人真是有心了,费这般周折要丫鬟去给他讨药膏。又见夫人亲自给他涂药,刘备感动得热泪盈眶。

"我刘备何德何能,劳烦夫人对我这般好。"说着,刘备落下一行泪。

"妻子对丈夫好,是应该的,夫君不要多想。"孙尚香轻柔细心一点点地给刘备上药,看得赵云也是倍加感动。

刘备涂了药膏后,果然,疼痛缓解了许多,一周后,红肿消了,又过了两日,腿脚走路正常,淤血也差不多消了。

第二十六章 比剑论英雄

养伤期间，刘备最大的感触就是尽快回到荆州，因为他总忘不掉和孙权赛马的场景，忘不掉孙权眼里的杀气。不能久待东吴，任人宰割。可该怎样走，能否脱身？吴侯在北固山已加派了守兵。

这天，刘备用手按了按两大腿，感觉恢复得差不多了，就把赵云叫来，商讨回荆州的具体事项。赵云说："主公真有走的决心，赵云会誓死护主公离开。"

"可，能安全返回吗？"刘备忧心忡忡地望着窗外。

"我听说靠溜马涧的半山腰有两块恨石，颇有灵性，主公不妨去占一卦。"赵云想起有天仆人们在一起私下议论恨石卜卦、如何灵验的事，便建议刘备也去那儿看看。

"那好，现在就去。"说着，刘备就起身往外走，赵云拿剑紧随其后。两人来到恨石处，就见有许多石头，或卧或立，横亘在地面，如铜铸铁浇，历经风雨，坚不可摧。其中有两块尤为突兀，半人多高，并列相望，状如山峰。刘备从赵云手中接过剑，对着左边的一块恨石，默念道：

"求石问卦，若备安全逃回荆州，成就霸业，剑落石开，否则,剑剁石不开。"说完,举剑而劈,一剑下去,巨石似贝壳,剖开为两半。正待欢呼,只见孙权从古道上走来。

"玄德,有什么仇恨要发泄在石头上?"孙权毫不客气地过来问。

"吴侯见笑了。玄德是听闻此石灵验,就想来占一卦,看看孙刘联盟能否亡曹?"刘备随机应变地诌了句。

"结果呢?"孙权问,眼里射出一道势必要洞穿刘备肚肠的光。

"正如吴侯看到的,曹必亡。"刘备面不改色地回道。

"那好,我也来占一卦。"说着,孙权就提剑来到右边那块恨石处,高声说道,"若能破得曹贼,亦断此石。"说完,举剑砍去,同时在心里默念:"荆州虽为陪嫁,但归属不变,是东吴的。克成帝业,兴旺东吴,石裂两半为证。如若有变,石不开。"

一剑下去,果然,石裂两半,从中间断开。

"看来曹贼必亡。"刘备迎上去说。

孙权哈哈大笑。

因为刘备和孙权在此劈石占卦比剑,恨石后来又被命名为试剑石,至今还留存在北固山。

占了卦,刘备心里踏实了许多,孙权走后,刘备问赵云:"军师有没有带来脱身妙计?"

"有。"赵云从内衣口袋里掏出一个锦囊,从锦囊里抽出一张纸条,递给刘备,上面有七个字:带夫人江边祭祖。

"这……"刘备又露出了犹豫。

"主公,真的不能再犹豫了,刚才,占卦你也看到了,机不可失。"

"我明白,可是,带夫人去祭祖,我怕不忍和她分离,我们自己悄悄去,不行吗?"

"吴侯派了那么多盯梢的,没有夫人掩护,是会暴露意图的,只有带夫人去祭祖,才显得名正言顺。"赵云苦口婆心地规劝。刘备不得不做最后决断,叹息一声,说道:

"只有委屈夫人了。"

第二十七章 江边祭祖

早饭后，刘备便对孙尚香说，他想去江边祭拜一下他的父母，娶了这么一门好亲，他还没向自己的父母禀告。但是，他又怕离开甘露寺，引起她哥哥的误会。

孙尚香说："这好办，我们事先和哥哥说一声。"刘备说："那不行，和你哥一说，私事就变成了公事，你哥是热心人，还不张罗着要替我们办呀！那样，父母就感受不到我做儿子和你做媳妇的这片孝心。"见刘备说得在理，只是面带忧色。孙尚香笑了，说："这有什么难的，可以禀报我母亲，有她老人家支持，你自可正大光明地去祭拜。"果然，吴国太听说刘备要到江边祭拜自己的父母，直夸刘备孝顺。

"是该去江边祭拜一下你的父母了，尽管他们已不在人世，但我们不能因此就忘掉他们。人是从哪儿来的？父母啊！是父母把我们带到这个世上……"吴国太欣慰地说了一大通，最后感叹道，"我是腿脚不利索，要是腿脚利索就陪你们一起去祭拜了。"

刘备感激涕零地跪下给吴国太连磕了三个头，并连声说道：

"谢母亲大人体谅,谢母亲大人体谅。"

从吴国太那儿出来,刘备便把赵云叫到面前,如此这般吩咐一番后,就由赵云护卫,一行人走出了甘露寺。他们往后山走,避开孙权安在西侧的兵营,悄悄走向东南角。刚到江边,东吴的追兵就赶来了,喊杀声震天。孙尚香吓傻了,她从没见过这个阵势,平时在闺中厮杀,那也是摆摆样子。

"保护主公要紧。"赵云此时已脱去仆人行头,是将士装扮,一副威风凛凛的样子。

情急之下,孙尚香用身体护住了刘备,并呵斥士兵:

"胆大妄为的奴才,还不快走开。"

士兵们被吓住了。但是,第二批追兵又来,就听他们高喊着:"奉吴侯之命,捉拿逃贼刘备,挡路者,格杀勿论。"

孙尚香不敢相信自己的耳朵,刘备明明是到江边祭拜他父母的,怎成了逃贼,一定是哥哥误会了。她要刘备莫慌,容她回去向哥哥解释。如果此刻要孙尚香回去,留下刘备,那必死无疑。赵云急忙打开诸葛亮的第三条妙计:和盘托出。

赵云一边使出浑身解数抵挡东吴士兵,一边给刘备看了诸葛亮的第三条锦囊妙计。事宜至此,刘备也隐瞒不得,他便拉着孙尚香的手,含泪说:

"夫人此去,恐怕我命不保。"见孙尚香不明白,刘备又进一步说,"我来东吴和亲,最初只是想在荆州寻个只砖片瓦,没想到我蒙郡主厚爱,吴侯以荆州相赠。但这番厚礼,难免不引起东吴将领和士兵们的嫉恨,此刻,一旦夫人离我而去,恐他人就会把我当成贪心贼,乱箭射死。更何况,士兵们来势汹汹,哪容我申辩!"

听刘备这么一说，孙尚香的内心是五味杂陈，她无法判断荆州、东吴还有刘备这三者之间的关系，她只知道，眼前的这个男人是她的丈夫，她不能失去他。于是，孙尚香命令丫鬟和她一起应战。因兵力悬殊，孙尚香还要护刘备周全，只能且战且退，眼看被逼无路，只有滔天江水。危急中，芦苇丛中划出了两条接应刘备的船只，孙尚香毫不犹豫，护刘备登船，随后，自己也跳上了船。

第二十八章 逃回荆州

孙尚香随刘备一路颠簸,在江上行驶了三天三夜,路过江夏时,又差点遭遇流窜的曹军偷袭,幸得诸葛亮派张飞前来接应,才有惊无险,平安到达荆州。

荆州城的正大门在东面,接近荆州时,早有探马进城禀报,因此,守城的关羽和诸葛亮早早就站在荆州城门之上的宾阳楼上巴望,远远就看到刘备携夫人上了码头。诸葛亮和关羽赶忙下楼,命令士兵打开城门,列队到城门外恭候,这时,派出的战马和轿子已到码头接上了刘备和夫人。

刘备的腿伤刚好,赵云怕他不慎再撕裂,便扶他小心蹬马。

"子龙有心了,这一路多亏了你。"刘备满怀感激地对赵云说。

"能为哥哥效力,是子龙的福气。"到这时,赵云才放下紧张的心。自打接下保护刘备离开东吴的重任后,赵云的心一直是提着的,唯恐有什么闪失,辜负了军师的重托,辜负了刘备对他的信任。

"也是我刘备的福气,又添你这么一位好兄弟。"刘备骑在马上感慨道。

孙尚香则坐在轿子里,有轿夫抬着随刘备进城。她疲乏得不行,头晕乎乎的,勉强把眼睛睁开,但没有力气看外面,只能凭听觉感受外面的动静。

诸葛亮终于把刘备盼回来了,见到刘备时的那种喜悦是难以用语言描述的,关羽见到哥哥刘备自然也是高兴的。对刘备而言,回到荆州更是有种久违的终于回家的感觉。大家相互参拜后,拥抱在一起。考虑到刘备是带夫人回来,一路辛苦,急需要休息,因此,在城门下并没做过多的停留,稍稍叙了一下离别之情后,诸葛亮就在前面引路,把刘备送到了公馆。公馆已装修一新,诸葛亮还为刘备特地布置了一个喜庆的婚房:房门和窗户上贴着大红喜字,被褥也换成了红色,连给孙夫人准备的梳妆台镜面上都贴了手剪的红喜字。

"有劳军师了。"刘备对诸葛亮拱手而拜。

"使不得,使不得。"诸葛亮回礼,并谦逊地说道,"主公千万不要见外,这都是为臣应该做的。"说完,便告辞回府。

由于车马劳顿,孙尚香到公馆就迷糊糊睡下了,从小到大,她从没走过这么远的路,而且是在水上走,她晕船比较厉害,感觉周围的一切都是转动的,加之路上又遭遇曹军。箭镞就在她眼前飞来飞去,有支飞箭从她耳边擦过,若不是从小练过一些功夫,躲闪得快,差点中箭。天旋地转,眼睛无法睁开。只要眼睁开,看到的东西都是旋转的,那东西转着转着就朝她逼过来,直往她眼里钻。到第二天下午,孙尚香才慢慢从昏沉沉中醒来,眼睛可以短暂睁开,但房屋还是有点转,只是没有昨天转动得厉害。

到第三天,孙尚香就基本恢复了。一恢复,孙尚香就想出去走走。

第二十九章 博夫人开心

"夫人,你总算起来了!"刘备见孙尚香自行起床,高兴坏了。这几天,他是一刻也没离孙尚香左右,不停地嘘寒问暖,一会儿,摸摸孙尚香的额头,一会儿给孙尚香掖掖被子,一会儿又给孙尚香喂两勺糖水。

"让夫君担心了。"这几日,孙尚香迷糊糊躺着,但心里是明白的。

"头还晕吗?"刘备问。

"不晕了,我想出去走走。"孙尚香说。

"想去哪儿?"

"想去城门口走走,就是那天我们进城的地方。"

"你说的是寅宾门吧,离这儿有点远。"

"我们可以乘马车去。"那日,因为头晕,孙尚香没能和刘备并肩骑马,总觉有些遗憾,于是,就想和刘备同坐一辆马车,再去那儿走一走。

孙尚香放下江南美景,一路担惊受怕,陪刘备来荆州,刘备哪有不依她之理,尽管他今天早有安排,要和孔明商讨国是,那也得暂且放下,相信军师会体谅。果然,刘备派人去通报军师,说今天要陪夫人巡城,和军师的商讨放在明天。诸葛亮得报后哈哈一笑说:"怪我心急,忘了主公还在蜜月期。"

刘备携夫人登上了宾阳楼,随后,在城墙之上,绕宾阳楼前的瓮城漫步一圈。

眼下,刘备携夫人在寅宾门城墙上环走一圈后,便顺着城墙往南走,就见城墙上每间隔2米就出现一个U字形凹槽,20~30厘米,这是用来瞭望和架炮用的,在每2米的墙体正中下方还有一个下口与城墙地面相平的矛洞,10~15厘米,矛洞和瞭望口相呼应,一个攻,一个守,沿途还有藏兵洞,此处城墙巧妙的向外延伸开去,围成一个长方体,在内墙底下挖五个洞,正面三个,侧面两个,近似于猫耳洞,有一人多高,两三米宽长,内侧城墙上凿有石梯通下去。

孙尚香感觉很新奇,要沿着石梯走下去看。因牵着手行走不便,刘备就叫人在夫人腰上系了一根安全带。

"我没有那么娇气。"孙尚香解开安全带,脚步利索地往下走,刘备不敢懈怠,急忙跟上。

"真好玩,真好玩。"孙尚香到每个猫耳洞里钻了钻,她并不清楚这是用来暗藏士兵的,还以为是给人躲雨用的呢。

"应该在城墙上栽些树木,这样,巡逻的士兵就不会淋雨了。"孙尚香说。

"夫人这主意好。"刘备故意夸赞孙尚香。后来,出于对夫人的宠爱,刘备果真派人在城墙内侧栽种了许多树木,这也造就了今天我们所看到的荆州城池有独一无二的三道屏障:水城、砖城、土城。水城是护城河,砖城就是这道古城墙，土城即栽种了树木的自然屏障。孙尚香恐怕她自己都不知道，她无意中的一句话就给荆州又加了一道屏障。

走到公安门，孙尚香感觉腿脚有点累，但她还是好奇地走下城墙，从内门穿到外门，两个门洞的深度和走向与寅宾门一样，依然是"歪门斜道"，但两门洞之间的瓮城不大。因为瓮城不大，可以充分感受到门洞里的凉爽。

孙尚香站在码头上，深情地望了望远方的江水后，就和刘备坐上马车，从公安门返回。经过门洞时，内心依然有点兴奋，因为在她的认知中，城墙上都是开着一个门洞，像东吴的铁瓮城。不像荆州，一道城墙，有两个门洞呼应。

"这是纳凉的好地方。"孙尚香用手抚摸着又深又厚的门洞墙，天真地说。

"夫人说得没错，士兵们常在下面纳凉。"刘备顺口编了一句，以博夫人欢心。

第三十章 想念东吴

　　刘备和孙尚香的感情与日俱增，直到三个月后，孙权派吴管家把在东吴跟随孙尚香的侍从送来。孙尚香在东吴时，身边侍从有一百多个，她们个个身怀绝技，带刀守护在孙尚香左右。那日随刘备江边祭祖，考虑到不能声张，孙尚香只带了两个贴身丫鬟，没想到，突发变故，不得不护刘备登船。慌乱中，仅丫鬟小红随孙尚香跳到了船上，而小云则留在岸上，替她们抵挡，等再想登船时，船已在刀兵相见中离开，老远还听到小云的喊声："小姐——"

　　孙尚香那时的心思全在刘备身上，并没听到小云的呼喊，倒是小红挥泪朝小云招手。

　　到傍晚，船驶入了安全地带，孙尚香才记起小云，问小红："小云呢？怎么没看到她？"

　　"她要上船时，船已离开。"小红回道。

　　"夕阳洒在江面倒是挺美的。"孙尚香岔开话题，心中掠过一些酸意。到荆州后，刘备给孙尚香另买了几个丫鬟，买来的丫鬟低眉顺眼，挑不出毛病。可是，孙尚香却不适应她们伺候。有次，她想教这些丫鬟舞剑，刚把剑拔出，丫鬟们就吓得紧紧抱住头,躲到了一边。

"看把你们吓得。"孙尚香有点哭笑不得。这时,有个稍稍胆大的丫鬟才从廊柱后面探出头。

"小红,你教教她们。"在孙尚香的授意下,小红从袖口掏出一把剑,在廊亭上舞得嚯嚯有声,丫鬟们眼睛都看直了。

"这是海底捞月""这是五子登科""这是猴子摘桃",小红边舞边说。几套剑术舞下来,见丫鬟们看得入了神,便问,谁想学,她可以教。不料,丫鬟们又吓得直往后缩。

"算了,不勉强她们。"孙尚香扫兴地走开,她沿着花园小径走来走去,不由感慨起来,"要是小云她们在就好了。"

孙尚香有点想念留在东吴的侍女们了。

这时,丫鬟小云已跟随吴管家和众女婢登船上岸,到了荆州刘备的公馆门口。公馆的门卫见来了这么一大帮带着箱子、竹篓等行李的人马,后面有数不过来的丫鬟!没等他开口发问,东吴来的吴管家就说话了:"呆愣什么,还不快去通报孙夫人,就说她娘家来人了。"

"你们是东吴来的?"

"你还真能磨叽,什么是娘家人,不懂吗?"吴管家露出了一刻也等不及的样子。门卫想:从东吴过来,要经过好几道关卡,关卡都通过了,确实不需要他盘问,于是,便进去通报孙尚香。

听说娘家来人了,孙尚香激动地转身就往门口走。"会是谁呢?难道是二哥来了!"孙尚香猜测着,因为在古代女子是不允许随便出门的,只有男子可以云游四方,再一想:二哥公事繁忙,在东吴时都难得见上一面,又怎么可能有时间来荆州呢！不是二哥，那又是谁呢？一路走，一路想，没等想出来，就到了门口。丫鬟小云早看到了孙尚香，就听她亲热地高喊："小姐——"

吴管家和众奴婢同喊："郡主。"

孙尚香简直不敢相信自己的眼睛，她在东吴的侍女全来了，此外还多了三四个打杂的男仆。

"我不是在做梦吧！"孙尚香转头问小红。

"小姐，你不是做梦，是真的。"丫鬟小红的话音刚落，丫鬟小云就跑过了来，孙尚香张开手臂抱住了她。

"小姐，我想死你了。"说着，丫鬟小云就哭了，孙尚香的眼泪也在眼圈里打转。

"郡主，是老夫人派我们来的，以后有什么，你尽管吩咐。"吴管家上前一步，向孙尚香汇报。

"谢谢，一路辛苦了。"孙尚香一面对吴管家说，一面吩咐小红和府上的李管家，去安顿东吴来的人马，她自己则拉着丫鬟小云的手往里屋走。

"我们好久没说话了，快进屋陪我说说话。"

"遵命。"丫鬟小云破涕而笑，紧紧跟着孙尚香往里屋走。

第三十一章 一船娘家人

一进屋，孙尚香就迫不及待地向小云打听母亲吴国太的情况。

"我们这次能来，全仰仗国太，是她老人家派我们来伺候小姐的。"丫鬟小云告诉孙尚香，吴国太说，要不是她年纪大，经不起路上颠簸，就亲自来看小姐了。

小云的话引出孙尚香一连串的泪珠。

"母亲当初嫁我时，没想到我会离开东吴。"孙尚香对自己当时的不辞而别有些后悔，可那也是迫不得已的选择。

丫鬟小云说，那日她离开小姐后，就赶回去禀报吴国太。

"什么，小姐走了，为什么？"吴国太惊得手中的拐杖都掉落了，当时，她正由丫鬟陪着，在院子里数竹子。于是，丫鬟小云就说，有吴兵追赶刘备，小姐为保护夫君，才走的。

吴国太的丫鬟把拐杖从地上捡起，放到吴国太手上。

"那你还回来干什么？"吴国太把拐杖在地上敲得嘚嘚响。见丫鬟小云木然地站着，吴国太又大声责问道："你为什么不去伺候小姐？"

丫鬟小云低声解释，说她很想跟小姐去，但船没有等她，开走了。这时，秦管家进来回话，说怪不得小姐走，射出的箭像雨点一样。

"什么？还真动武了！谁先射的箭？"秦管家和小云没敢多嘴，吴国太心里明白，也没说出口，只是叹息道，"可怜我的女儿，平白遭了这番苦。"

不一会儿，孙权来看母亲了，一见面就对母亲说："刘备真是小人，我好心待他，他竟然把妹妹给拐跑了。"

"如果，你不派兵追杀他，你妹妹会跟他跑？"吴国太沉下了脸。

"母亲，看来您是误会了，我派兵是去保护他的，哪知他心里有鬼，早做了逃跑的打算。"

"我不想理清你们之间的是非恩怨，我只有一个目的，不能让你妹妹受委屈，你得赶紧想办法，把伺候你妹妹的这些丫鬟送到你妹妹身边，她一下离家那么远，身边就一个小红怎么能行？"

"母亲，您放心，这些我自会安排。"

就这样，在吴国太的整日叨念下，吴侯终于安排船只，一路派人护送她们到荆州。出发时带了大量东吴特产，如香醋、麻油、芝麻糕、欢喜团、油酥饼、京江脐、肴肉、蟹黄汤包等，以及孙尚香的生活日用品。吴国太恨不得把东吴好的一切都带给女儿，仿佛孙尚香不是在鱼米之乡的荆州，而是在遥远的塞外。

船实在是装不下了，才作罢。孙权亲自到江边来相送，他千般叮咛吴管家到了荆州，一定要保护好他妹妹，并叮嘱随行的丫鬟仆人要听吴管家调遣。孙权对众人说：

"吴管家是你们的头领,而你们的任务就是去伺候你们的主子——东吴的郡主,决不能让她有半点闪失。"

众人频频点头,然后挥手告别。

从镇江经南京再到安徽芜湖,沿长江到九江,这段江面在东吴的掌控中,因此,有东吴的士兵驾驶船只在前开道,船行很顺利,到九江时,正好碰上巡防的周瑜大都督。大都督乘着一艘小船英姿勃发地站在关卡,周围是浪花激荡。没等吴管家开口,周瑜就主动说道:"辛苦了,吴管家。"

"大都督辛苦。"

"过了这里,再往前就是江夏,江夏为三军交界,吴军不便随行,但你们也不用惧怕,带上这个。"周瑜给吴管家发了一个通行证,"到关卡拿出来,对方自会放行。"

谢过大都督,船继续前行,到江夏,果然没有遇到阻碍。再向西,不久就到了荆州段的新口,新口守兵一看是东吴的通行证,犹豫着不敢放行,并说:"这是荆州,不是东吴。"

"叫你们长官过来说话。"吴管家跟随孙权多年,也是见过世面的,他见周瑜的手谕不管用,就干脆叫着要见驻守新口的长官。

长官过来,二话不说,先把守兵骂了一通,然后问吴管家去荆州有何贵干。吴管家如此这般一说,长官一边放行,一边派人去公安禀报。此地离公安还有段距离,如果要拦截到那儿拦也不迟,自己又何苦做恶人呢!

公安守将已接到通报,刚巧刘备在公安巡防,就有将士奔去请示:东吴送来了夫人的仆人,要不要放行?

仆人来见主子,不让见,这话传开来,怎么都是理亏。

于是，刘备命令手下，不得阻拦，开门迎接。这样，船到公安，再到荆州城都没受阻，而且有人在前面给带路，使她们很快就见到了小姐。

丫鬟小云滔滔不绝说了一大堆，听的孙尚香时而落泪，时而欢笑。丫鬟小红进来时，孙尚香正在擦眼睛。

"小姐，你是高兴吗？"

"高兴，高兴。"孙尚香用双手蒙住眼，她的眼圈早红了。

第三十二章 学走莲花步

刘备得知孙尚香的侍女们来了，心里已有准备，可就是这样，当他走进家门看到这些东吴来的侍女后，还是不适应。他没想到会来这么多，几乎满院子都是，尤其还有几个没见过的男丁，这让他心里有些不爽。跨过第二道门时，刘备遇到了东吴来的吴管家。

"你是谁？我怎么以前没见过你？"刘备警觉地问。

"大人，我是东吴来的吴管家。"

"难道我这里没有管家，还要增设一个管家吗？"

"增设管家是大人的事，我此番来，仅管理我们东吴来的这些奴婢，负责不给郡主添乱。"吴管家进退有分寸，不卑不亢。

"可以前在东吴，我并没见过你。"

"我是吴国太房里的，吴国太挂念女儿，特地派我率众来伺候郡主。"

吴管家是吴国太派来的，刘备还能说什么呢！难道他一个被岳母选中的女婿，还能拒绝岳母的一番好意！刘备皱着眉，继续往里走，丫鬟们躲闪到一边，快到里屋门口，碰到了小云，小云是主动出来迎接刘备的，见刘备走来，便赶紧请安问好。

"你也来了。"刘备客套地说了句。小云转身往里跑，一边跑，一边喊："小姐，主公回来了。"

听到喊声，孙尚香便起身带小红到门口，给刘备请安。

"免了吧，夫人。"刘备看起来有点烦躁，脚步没停，就从孙尚香身边擦过。孙尚香并不介意，依旧兴致勃勃地告诉刘备，说以前跟随她的侍女全从东吴来了。

"好事。"刘备口是心非地回了句。

"好事，你怎么还锁着眉头？"饭菜端上桌时，孙尚香问刘备。

"我看你一直在笑，我若再笑，给外人看了，我们不成了两个没心没肺的傻瓜！"

"笑就是傻瓜吗？笑是高兴。"孙尚香不同意刘备的观点，顺势从桌上的花瓶里拿出一支玫瑰，在刘备脸颊上敲了敲。这是爱的信号，刘备紧绷的脸稍稍松开了点，然后找词说道："男人的笑是放在心里的。"

"这么说，你是欢迎她们的，对吧？"孙尚香心花怒放地问。

"有客自远方来，不亦乐乎！"为掩饰自己的烦躁，刘备套用了孔子的一句话。旁边的丫鬟小云听不懂，就问小红。小红摇头，也说听不懂。孙尚香见状，咯咯咯大笑起来，说："真傻！连主公的欢迎都听不懂。"

"那是主公的学问太深了。""还有我们小姐，奴婢们若听得懂，岂不是偷听了你们的私房话。"两个丫鬟一唱一和，说得人哭笑不得,又满心欢喜。

刘备姑且接纳了她们。丫鬟们开始陪孙尚香在院内舞枪弄棒。可突然有一天,孙尚香就厌倦了打斗,觉得失了女子本色,她想往淑女方面求发展,她要丫鬟们教她莲花步。但这些丫鬟都是跟随她打闹长大的,并不会莲花步,正好刘备买来的丫鬟中,有一人自小学过莲花步。于是,孙尚香就叫她带领大家一起学。为了找到那种感觉,她还叫人一起到庭院外的池塘边去学。有天,刘备回来,找不到夫人,问门卫,说夫人到水边走莲花步去了。刘备就好奇地到水边来看,这一看,还真把刘备怔住了。就见一百多个美若天仙的女子,身穿长袖飘飘的衣裙,沿着河塘漫步起舞,刘备的眼睛都看花了,才找到夫人。

"没想到,夫人还有如此柔美的一面。"刘备大喜,看了半天,直到孙尚香发现他。

"都散去吧!"孙尚香一挥手,丫鬟们瞬间消失,就像是水中的雾霭,被一阵风吹散了。孙尚香轻踏莲花步到刘备面前,刘备还在痴痴地看着河塘,然后,莫名地抱住孙尚香说:"我不准你走,不准你走。"

"夫君,我没走,在这里呀!"孙尚香用手使劲在刘备眼前挥动,刘备这才从痴妄中回过神。

"刚才我看到了好多美女,就在这水边。"刘备似乎还在寻找什么。

"你走神了,那是我的丫鬟。"孙尚香取笑刘备。刘备也不恼,说我刘备何德何能,有夫人相伴。

第三十三章 刘备动怒

孙尚香骨子里毕竟有股英雄气，但凡英雄都不会拘泥于小事。一天，吴管家对孙尚香说："小姐整天走莲花步就不生厌吗？"

孙尚香想想是有点生厌了，可是不走莲花步，又能干什么呢！

"听说荆州城池别具一格，城墙下绿树成荫，繁花盛开，更有河水荡漾，虫儿唱鸣，何不去走走，呼吸清新空气。"

吴管家的一番话点拨了孙尚香。确实，自从那次随刘备在荆州城墙上漫步后，孙尚香就生出了要沿城墙走一圈的想法，只是苦于没人陪同，因为她不能事事抓着刘备不放。大丈夫志在四方，她又怎能让他在陪自己的一些小事中消耗精力，可是，光带丫鬟出门，没个男丁，路上也不方便，现在吴管家提出来了，正合心意。当即，孙尚香就表示愿意前往，要吴管家去安排线路。

刘备公馆在荆州城西边，离安澜门不远。安澜门也是两个门洞，有士兵把守，但出城，士兵一般不会盘问，因为西边住的都是达官贵人。吴管家要孙尚香坐在轿子里，由他们抬着出了安澜门。出安澜门后，轿子落下，孙尚香走出轿子，和大家一起开开心心地沿着城墙往北走，直走到拱极门下，见门洞里和城楼上都有士兵把守，本想悄悄绕过去，却被士兵发现了，问她们是干什么的。

"陪孙夫人散步。"吴管家代为回答。士兵们赶忙立正行注目礼。其中一位长官提醒，说城墙下是不准行人随意穿行的，既然是孙夫人，就另当别论了。孙尚香一行没有久留，沿着城墙向东走。荆州城是一个不规则的长方形，南北城墙的长度是东西的两倍有余，从拱极门走了半天才走到小北门，还要再走一半路，才能走到明月公园，到明月公园，北城墙才算走完。孙尚香有点走不动了，吴管家叫她坐到轿子里，由大家抬着她走。孙尚香觉得坐在轿子里逛城墙没劲。吴管家又建议她和丫鬟们歇在小北门，等他们几个腿脚好的走完城墙后，再回来接她。但孙尚香是不肯轻易服输的女子，她坚持要和大家一起走。于是，大家就一起坐在小北门处休息了半天，终于，孙尚香恢复了体力，和大家一起走到了明月公园。在明月公园处转弯就是东边城墙了。东边城墙，孙尚香刚来荆州时就走过一半，因此，对她而言，就失去了一分好奇，加上实在是一步路也不能多走了。于是，大家就在明月公园处休息了一会儿后往回返。返回时，孙尚香没有逞强，乖乖地坐到了轿子里，由大家轮番抬着走。就这样，到家时，孙尚香的脚底已起了泡。但她觉得沿着城墙走路很好玩，有种与世隔绝的感觉。

没多久，孙尚香就主动提出，想再去走城墙。

"最好是走另一边城墙。"丫鬟们附和，吴管家心里乐开了花，因为他正想去走。就这样，吴管家又带领大家来到了城墙下，这次是出安澜门左拐，沿城墙向南走。城墙还是和之前看到的一样，有12米高，墙下是护城河，在西墙快拐入南墙处开有一个小门，此门叫马白井，仅容一个人进出，一般不容易被人注意到，是逃生之门。往往是紧急情况下，有人骑白马从此门逃出给外界送信之用，此处的护城河水底有条窄窄的小道，便于马奔跑。吴管家看到这个马白井后，暗暗惊叹：想不到荆州的布防是如此了得！

过马白井，再转弯，沿南城墙向前，不久就看到一座略高于城墙的山，此山名叫卸甲山，山上旌旗招展，是关羽犒劳士兵的地方，再往前就到南门了。南门是荆州六个城门中唯一一个有四个门洞的门，也是唯一一个两个正门洞是直开的，据说，这样便于荆州百姓进出。因为在荆州城墙上有六个通向外面的大门，唯此处大门可以任由百姓进出。在两个正开的城门与城墙合围的瓮城侧墙上，同样各开着一个门，通向护城河，正门口是桥，侧门口是难以逾越的河水。南门因为四通八达，进出的人很杂，是重兵把守的地方，只是士兵隐藏在城墙内，你看不见罢了，从关羽把府邸建在南门就可窥见一斑。过南门再往前走一个时辰就到了公安。公安门前站着许多士兵，大家不想被盘问，便游兴未尽地返回安澜门。从安澜门回府，刘备已到家在等夫人。

"夫人这是去哪儿了？害我找半天，问下人也说不知。"刘备急切地问。

"去城墙下玩了。"孙尚香回道。

"城墙下有什么好玩？"刘备一听孙尚香又去城墙下玩，

不由得就生气了。

"出去散散步都不行吗？整天闷在家里！"孙尚香也不开心了。

"那是军人待的地方，你一个女子出没在那儿，别人会笑话的。"

"你的意思就是女子就该待在家里，哪里也去不得。"

"不是这个意思。"

"那是什么意思？"

刘备有点争辩不过孙尚香，就说："总之城墙下你不好私自去。"

孙尚香不再说话，赌气回了房。但她很快就气消了，认识到了自己的错误，因为她记起在东吴时，她到北固山下军营去玩，一向疼爱她的哥哥孙权也是莫名其妙生了很大的气。也许，一个好女子就该守在家里。这样想着，吃饭时，孙尚香就主动给刘备夹菜，但刘备似乎有无限心事，目光并不在饭菜上。

"夫君，不要生气了，我下次不去那儿就是了。"孙尚香推了推刘备，一副认错的样子。

"吃吧。"刘备头也不抬。夫妻二人默默地咀嚼着饭菜，四个丫鬟都噤若寒蝉似的立着，不敢动弹。过了好半天，刘备放下筷子，抬眼对丫鬟们说："要你们来，是伺候夫人的，你们倒好，整天玩得不见踪影。"他又指着他找的两个丫鬟说："下次要再这么不尽责，我就辞退你们。"

两个丫鬟吓得小鸡啄米似的点头。不过，刘备是冤枉了这两个丫鬟，因为她们根本就没去城墙下玩，不是她们不想去，是吴管家不让带她们去，说人去得太多不好。换句话说，就是跟去了，也怨不得她们。刘备这是故意找丫鬟出气。丫鬟们不敢出声，孙尚香何等聪明，她早听出了弦外之音，于是就说：

"你直接朝我发火好了，干吗拿丫鬟们出气。脚长在我腿上，又不在她们的腿上。"说完，便气呼呼地走开。

第三十四章 兄弟是手足

"你们也散吧！"刘备对丫鬟们说，他需要独自静一静。他不明白夫人为什么总爱去城墙下转悠，他开始怀疑夫人的动机。他甚至想：夫人会不会是孙权安插在他身边的眼线，这么一想，真如芒刺在背。但他随即又否定了自己的猜想，认为夫人去城墙下游玩，一定是吴管家唆使的。这吴管家很可能是孙权有意派来打探消息的，要不就是来监视自己的。这么一想，刘备自己都吓了一跳，不敢再一个人胡乱想下去，必须找兄弟们替他排解，于是，就径直去了关羽府。关羽住在南门，离刘备住的地方不算远，坐上马车，不一会儿就到了。只是深夜造访，让关羽还是担心了一番，以为出了什么军情。

"就是想兄弟们了，你派人把张飞请来，咱们三兄弟好久没坐在一起吃酒了。"刘备说着，就疲倦地坐到了椅子上，椅子是长条形的，有靠背，类似于现在的沙发。

"把好酒都拿出来，我今天要一醉方休。"刘备侧身躺在长椅上。

"哥哥这么说，我倒记起来了，是有两坛好酒，那是在曹营缴获的。"关羽进里屋把酒拿出来时，刘备已在椅子上睡着了，但张飞大大咧咧地进来，又把他吵醒了。

"什么事，哥哥叫我来。"张飞人没进门，声音已到，等进门看到刘备，声音又放大了两倍，"原来大哥也在啊。"

"就是大哥想你了，要你过来喝酒。"关羽替刘备说。

"大哥娶了嫂子，哪还会想兄弟啊。"

"错！记住，兄弟是手足，女人是衣裳，手足不可断，衣裳可以补。"刘备突然坐直身子说。

"大哥，你该不是中午就喝了酒吧！"关羽有意给刘备打圆场，因为有丫鬟送茶水进来，他怕刘备的话传出去被人误会。

刘备没能体会关羽的用心，摆手说："没有的事，中午滴酒未沾，就等晚上来和兄弟们喝个痛快。"

"哥哥真是好样的。"张飞赶紧给刘备斟酒。关羽示意两个丫鬟出去。关上门，兄弟三个围着茶几坐下，像以前桃园结义似的开怀畅饮起来。

"好久没这么痛快地喝酒了，自打哥哥娶了媳妇。"张飞口不择言。

"那你是怪哥哥娶了媳妇忘了兄弟！我刚才已经说过了，兄弟是手足，媳妇是衣裳。你说，是手足重要，还是衣裳重要？"刘备反问张飞。

"那当然是手足重要，没有手足，拿不了东西，走不了路，就连这酒也无法送到嘴，但衣裳就不同了，坏了可以补，还可以以旧换新。"张飞展开联想。他是个心直口快的人，心里藏不住话，想到什么说什么，说得连自己都乐了，眼睛也笑得飞上了天，就剩浓眉胡须没走样。

"哥哥只是打个比方，看把你得意的。"关羽端起酒杯，一边取笑张飞，一边对刘备说，"我们知道哥哥公事繁忙，但凡有点空闲都会想到兄弟们，这杯酒，我敬大哥。"说完，关羽一饮而尽。

刘备正待饮时，张飞也把杯子举过来，说："算我一个，我也敬大哥一杯。"说完，也咕嘟一杯下了肚。刘备把酒喝下后，示意关羽和张飞一起坐下，

"没有什么大哥小弟的，我们是兄弟，不分彼此，就一起坐着喝吧。"

于是，三个人就坐着，同时端杯，同时喝酒。喝着喝着，粗中有细的张飞就突然对刘备说："哥哥，我发觉你不对劲，你是不是有什么心事瞒着我们？"

张飞的判断没错，因为以往刘备喝酒很慢，属于那种"抿一口放下，再抿一口"的类型，一杯酒要喝好多口（兄弟结义那天，一大碗一口，那是破例）。今天，一杯酒两口就喝完，而且不推杯，还把杯子伸过来要酒喝。

"哥哥看起来，确实有心事，能否说出来，让兄弟们也替你分担一下！"关羽也看出了刘备有心事，便附和张飞追问。

"被你们看出了，我也就不隐瞒了。"刘备叹息一声，把之前的猜想一股脑儿倒了出来。

"这有什么难的，直接把吴管家辞掉好了。"张飞首先发表看法。

"他是东吴送来替你嫂子打点的，不归我管。"刘备为难

地说。

"以我看，无缘无故辞掉他，嫂子会不高兴，传到东吴去，也会让人误会是哥哥气量小，不如我们自己加强防备。"关羽沉思后说。刘备想想也是，就叮嘱关羽，以后操练，放在瓮城内，不要在城墙上演习，还有一旦演习，要实行戒严。

第三十五章 管家知错

刘备很晚才回家,他怕打扰到夫人,就在书房眯了一会儿,天亮后才进房间,见孙尚香背朝门睡着。

"夫人还没醒哪?"刘备问守在门口的丫鬟小红,小红摇头。刘备放轻脚步走进去,坐到床边,推了推孙尚香,孙尚香没有一丝反应。

"夫人还在生我的气吗?"刘备小心地问。

孙尚香装作睡着的样子,其实,她辗转反侧,一夜未眠。

"不生气了,好吗?"刘备又推了推孙尚香。

孙尚香泪花闪动地转过身说:"我还以为你不要我了。"

"不许乱想,我们是患难夫妻。"

"下次,我再也不去城墙下玩了。"孙尚香主动认错。

"我也是担心你,因为城墙上经常有演习,我怕刀箭不长眼,误伤到夫人。"刘备边说边把孙尚香搂到怀里,抚摸她的秀发和被泪水打湿、透着妩媚的脸蛋。心想:有她相伴,我刘备是有福的。

但没过多久,刘备就又如芒刺在背。

事情是这样的,孙尚香是不去城墙下玩了,但东吴来的吴管家却一心想到城墙下再去看看，因为东边的城墙他还没看过，而荆州的正门又恰好开在东边城墙上。转了荆州大半个圈，连正门是啥样都不知道，若和别人坐在一起，谈论自己的见识，谁会相信呢！吴管家是最喜欢卖弄见识的人，到哪儿都喜欢把城池逛个遍。就拿东吴来说，铁瓮城有多少块墙砖，城墙内有多少门户，哪条弄堂是直的，哪条弄堂是弯的，又或哪儿是死糊弄，他如数家珍，闭上眼都能找到。他愿意把自己的脑袋做成一份活地图。因此，在孙尚香谢绝他去城墙下游玩时，他就带了两个仆人，悄悄去了寅宾门。他和两个仆人说好，游玩绝对保密，不许向外透露半个字。不巧的是，孙尚香去走莲花步，中途突然想吃水果，就有一位丫鬟代小泽送了盘水果过来。

"小泽去哪儿了？"每次都是小泽送水果，孙尚香见换了人，便随口问了句。丫鬟吞吞吐吐，不敢回说。

"是跟吴管家出去了吗？"孙尚香再问。丫鬟这才胆怯地说："是的。"

吴管家自己出去就好了，还带走仆人，这不是找事吗？孙尚香有点不悦，也不想走莲花步了，就坐在亭边，传话丫鬟："吴管家一回来，就让他过来。"不一会儿，吴管家回来了。

"郡主您找我？"

"去哪儿了？"

吴管家低下头，孙尚香猜到了八九分。

"你的好奇心还真是大。我不是叫你不要再去走城墙吗？自己去就算了，还带人去，你不怕添乱！"孙尚香越说越气。

"对不起，郡主，我错了。"

"我不是叫你来认错的。"见吴管家低着头，一副任凭处罚的样子，孙尚香接着说，"看你的年纪也是我的长辈了，背井离乡到这儿来陪我，也不容易。这样，你收拾行李，还是回东吴去吧。"

说完，孙尚香就起身想走开，但是吴管家一把抱住了孙尚香的腿。

"郡主，请原谅我，伺候郡主的这点小事，我都没做好，你叫我有何面目回东吴见吴侯。"

"你是我哥哥派来的？难怪我在母亲房内没看过你，上次问你，你还不说。"孙尚香越发生气了。

"我不说，是怕别人知道后产生不必要的误会。"

"我哥哥就派你来伺候我这么简单？"

"就这么简单，他是不放心郡主，怕郡主受委屈，让我过来帮衬点。"

"你哪是帮衬，你是在添乱。"孙尚香气得娇容发白，眉毛下弯。

"我不敢了。"吴管家说得老泪纵横。

"起来说话吧。"孙尚香收住了怒气，要丫鬟小红把吴管家扶起，小云则在不远处放风。孙尚香见吴管家前，已把其他丫鬟和仆人打发回府了。

"今天的事只当没发生。"孙尚香最后说。

"谢郡主，老奴已谨记在心。"吴管家边用衣袖拭干眼泪，边小心谨慎地退下。

但是，有句古话说得好：要想人不知，除非己莫为。

第三十六章 选址建城堡

不久,刘备就知道了吴管家去荆州城墙下探秘的事。是进公安门时从一个守城士兵口中得知的,士兵说:"有一条船载着三个人在东边护城河的城墙下鬼鬼祟祟。有个人试图闯入寅宾门不成,又折回到公安门,被我们赶走了。"

"没问他是做什么的吗?"

"问了,他说是捕鱼的,想上岸歇歇腿脚,顺便进城买包烟。我们对他说,'此门是军方通道,普通人不好进出'。"

"那后来呢?"

"后来,他就在码头上转了半天,才很不情愿地乘船离开。"

"你不觉得这人有点奇怪吗?护城河怎么有鱼捕!"刘备问。

"当时没多想,后来想想是这么回事。"

"他长得什么样?"

"个头不高,瘦瘦的,右眼眉梢上有颗黑痣,金陵口音。"士兵说到这儿,刘备已猜到是谁,于是,就对士兵说:"知道了,你很尽责。"然后,便若有所思地离开。回到府上,便派人把吴管家叫来,明面上是关心他的生活,实际上是再次确认他的外貌和口音。

"你来荆州已有一段时间了,我一直忙于公事,也没顾上和你单独聊聊,你是吴国太的总管,你来了,吴国太房里的诸多事务交谁打理呢?"

"秦管家。"吴管家毕恭毕敬地答。

"秦管家我见过,他不是仓库管理员吗?上次,我送了一些布匹过去,就是秦管家收的。"事实上,刘备送去的布匹是有一位老管家接手的,他故意说错,以试探吴管家。

吴管家没有再接话,因为言多必失。

"你们吴侯还好吧?"刘备转而问,实为套话。吴管家机智地回了句:"我很少下北固山。"

"你对荆州的生活还适应吗?"刘备再次转变话题。

"谢主公关心,我在这儿生活得很好。"

"不觉得在院子里发闷?"

"一点也不。"

"你觉得荆州城和东吴的铁瓮城比,哪个更大?"刘备进一步问。

"我只是一个大门不出的仆人,哪里有眼界把两个城池相比。"不得不佩服吴管家随机应变的能力。刘备刻意看了看吴管家的脸,右眼眉梢上有颗会说话的黑痣,只是他的口音为什么不带京口调,而是金陵腔。刘备本想再问,但考虑对方骨子里透出的这份精明,也就打消了念头。

"主公若没有什么别的吩咐,老奴我就告退了。"吴管家见刘备看着他不说话,便主动告退。

"你去忙吧。"刘备朝他挥了下手,觉得吴管家不简单,明明在荆州城转了半天,却瞒得滴水不漏。果然,第二天,派去东吴打探的线人就回来禀告,说吴管家是吴侯府的大管家,金陵人,曾跟随吴侯南征北战,他是东吴的活地图,深得吴侯重用,只因始终是管家身份,才不被外人注意。

听到禀报后,刘备惊出一身冷汗,想到孙权藏了这么一个内线在他身边,他哪天脑袋被人割下都不知为什么。刘备立即传话诸葛亮到议事馆。

诸葛亮一直为国事操劳,染了风寒。昨日,刘备还派大夫给他诊治,要他无论如何在家休息一天,没想到今天一早倒派人去请。诸葛亮顾不得病体,咳嗽连连赶到议事馆。刘备见诸葛亮一脸病容,才想起他是告病在家休息的,因此很是过意不去,亲自给诸葛亮搬凳子、倒茶水,请他坐下说话。

"主公一定是有十分要紧事,才召我来的。"诸葛亮气喘喘地说着,坐了下来。

"不瞒你,确实十万火急。"刘备也不怕诸葛亮病体传染,搬个凳子,坐在诸葛亮身边,一五一十把有关吴管家的事倒出。

刘备说的时候,诸葛亮小心翼翼喝了两口茶,并用手捂住口鼻,尽量压住咳嗽声,以免打断刘备,直到刘备把话一股脑儿说完,才四两拨千斤地接过话,说:

"主公是多虑了,一个管家应该成不了气候。"

"军师,你怎么就不明白呢!他可是吴侯的管家,难道吴侯派他来就没有深意。"不等诸葛亮接话,刘备又着急地说,"如果没有深意,他干吗要谎说自己是吴国太的管家呢?还有,他明明多次去过荆州古城军事之地,就是不承认。"

"也许，他是不想让主公产生误会。"诸葛亮按了按额头，因为生病，他今天的反应不是太敏捷。

"叫军师来，就是要想法子让他离开荆州城。"

"他是吴侯派来给夫人使唤的，贸然让他回东吴不大合适，那会有毁盟风险，不如给夫人修建一个宅院，到时，让他们一并搬出去。"

"不愧是军师，和我想到一块去了。"刘备高兴得差点跳起来。这时，就听诸葛亮说："到时，给你和夫人再补办一次婚礼，毕竟在东吴结婚是太仓促了，弟兄们都还没喝上你的喜酒。"

"军师想得实在是周全，那宅院建在何处合适呢？"

"荆州西郊有一处旷地，被长江的内江环绕，与荆州城就一水之隔，又在公安区，离主公办公的地方不远，宅院可以建在那儿。"

"事不宜迟，那就有劳军师了。"

"应该的。"诸葛亮一边咳嗽一边回说。

"我叫关羽、张飞、赵云三个兄弟配合你，你坐镇指挥就是，具体操作要赵云去办。"刘备想动用军队力量，尽快办成这件事。

"主公，你放心，我会以最快的速度完成。"说完，诸葛亮就告退，拖着病体，叫来赵云，一起去西郊考察。

荆州属于平原地带，一马平川，很少有山岗，但在公安西郊处偏偏有座不高的山，只是没有北固山的气势雄伟，也不能在山顶建屋，但是地处江边，正好可以背靠长江，在山脚寻一块宽敞僻静之地建屋。诸葛亮叫赵云按北固山上的住房布局草构一份图纸，重点放在孙尚香的住房格局上，尽量做到一模一样。图纸画好后，诸葛亮又拿去给刘备审核，毕竟闺房的内部格局只有刘备清楚。除了北固楼略去，刘备又添加了吴国太的住所，说以后等条件允许，把吴国太接来住上一段时间，因为吴国太是最看得起他这个女婿的，没有吴国太就不会有这段婚姻。

破土动工时，关羽、张飞全来了，他们各自带来了自己的手下，这样人多力量大。士兵们在外打仗惯了，一下叫他们运砖搬料倒有些不适应。张飞口无遮拦，直接喊叫，说哥哥也是，昨日还说老婆是衣裳，兄弟是手足，今天就又给老婆砌房造屋了。

"叫你做，你就做，哪来那么多废话。"关羽用劲推了下张飞，张飞这才收住话，撸起袖子打木桩。

因为每个人都开足了马力，不到一个月，宅院就建好了。宅院落成前，刘备给孙尚香吹了耳边风，说孙尚香只身随他到荆州，一路上吃了许多苦，为了弥补这些，他要给孙尚香一个大大的惊喜。

"惊喜！什么惊喜啊？"孙尚香满怀希望地问。

"暂且保密，不过为了配合这份惊喜，我要给夫人补办一次最为隆重的婚礼。"

"真的假的啊？"孙尚香以为刘备在说笑，并没把话当真。

就在这个节骨眼上，鲁肃来了，这让刘备的好心情又一落千丈。

第三十七章 鲁肃借道

鲁肃是亲刘派，这一点，刘备深有体会。在东吴，全赖鲁肃周旋，刘备才如愿娶了郡主。这一晃有大半年不见了，没想到，鲁肃此次是带着"借道"的使命而来。孙权听从周瑜的建议，要西取益州，而取益州，荆州是必经之路，因此，就派鲁肃带着书信，前来"借道"了。

刘备看过书信后，递给诸葛亮看，君臣二人都没表态，只是客套地劝鲁肃饮茶，又好言劝鲁肃暂且先到馆驿休息。诸葛亮亲自送鲁肃到馆驿，并宽慰他，说孙刘两家联姻，不分彼此，一切都好商量。

但是，诸葛亮转身回到议事馆对刘备说的却是："就怕'假道伐虢'啊！"

"军师说的极是。"刘备感叹道，他也想到了这点。更加巧合的是，半个月前，诸葛亮还和刘备商讨过西征的事，说等过了这个冬天，明年一开春，就出兵西蜀，取益州，再夺汉中。没想到东吴也有这个心思，竟不顾风雪，派人来借道了。这道——借是断了自己的地盘，不借是悔了和东吴的盟约，真是左右为难。君臣两人讨论了半天，也没找出一个好办法。

第二天一早接着讨论。诸葛亮提议，再听听将军们的意见，刘备就派人把关羽、张飞和赵云全请来了。刘备简单地说了把大家召集到一起的缘由，他的话音刚落，张飞就咆哮般地说："哥哥也太柔弱了，要我说，一个字'打'！"

"你先弄明白再说，人家是'借道'，不是来和你开打的。"关羽拽了一下张飞，张飞眼睛瞪得像铜铃。

"这还真是有点难，毕竟东吴和咱们是亲家。"赵云说。

"和哥哥一个人是亲家，和我们不是。"张飞又抢着说。

"放心，在大是大非面前，我刘备始终会和兄弟们站在一起。"

有刘备这句话，大家心里都吃了定心丸。这时，就见诸葛亮用左手捋了捋飘动的胡须，右手轻轻摇动了两下羽毛扇，然后起身淡定地说："一个字'拖'。"

"军师，能否再说具体点。"

"就是半推半就，走一步，看一步。不说借，也不说不借。"诸葛亮补充道。

"那就有劳军师和各位将领了。"刘备终于舒展开眉头。

诸葛亮到馆驿把鲁肃接了过来，三位将军作陪，刘备设宴款待鲁肃。酒过半巡，鲁肃向刘备再提"借道"之事。

"孙刘是一家，借不借都在杯中，喝酒，喝酒。"大家不停地给鲁肃劝酒，鲁肃只喝得醉醺醺，被送回馆驿。

就这样,鲁肃在荆州逗留了十多天,"借道"之事,毫无进展。本来鲁肃是要回去了,诸葛亮又再三挽留,请他无论如何要参加刘备的婚礼。

鲁肃想:难道刘备要再婚了?那他们东吴的郡主怎么办?于是,就决定等参加了刘备的婚礼后再走。

第三十八章 盛大婚礼

刘备的婚礼出乎了鲁肃的意料，当他看到刘备迎娶的新娘原来就是东吴的郡主时，真是替郡主高兴，同时也觉得自己脸上有光。因为在婚礼现场，他和诸葛亮同时被推选为证婚人，一个代表女方，一个代表男方。

原来刘备有心要将夫人搬出去，又找不到适合的理由，经军师的提醒就想到了给孙尚香补办一场盛大的婚礼。

"正巧城堡也建好了，何不趁夫人的娘家人在，尽快把该办的婚礼补办了呢！这样，讨夫人欢心自不必说，更重要的是，加强了孙刘联盟。"

刘备见诸葛亮说得在理，当即就要他选定日子，然后交给赵云去操办。

这天，几乎荆州城内所有有头有脸的人都出动了，大家齐聚公安，以参加刘备和孙尚香的婚礼为荣耀。孙尚香更是一身新娘打扮，早早就有侍女给她化妆了，涂脂抹粉自不必说，大红婚礼服——上衣是裙式汉服，有五个妙龄少女合着捧来，一个捧衣领，两个捧衣袖，一个捧腰身，一个捧下摆；配合衣裙——遮盖到脚面的鹅黄裙裤是折叠起来的，有一人捧着；一双绣花鞋，装在一只青翠的玉盘里，有一人托着；头饰和喜帕分放在花木盘里，各有一人捧着；前后九人，鱼贯而入，寓意婚姻长长久久。

之前，孙尚香得知刘备要给她补办婚礼，曾婉转推脱，说结婚早过了大半年，再办婚礼恐怕不妥，但经不住刘备的坚持。刘备说："之前在甘露寺，他做不了主，婚礼办得过于简单，刚到荆州时，自己又忙于公事，无暇顾及，现在正好闲了下来，可以完成自己的心愿，因为给夫人补办婚礼是他刘备在东吴甘露寺就默默许下的心愿。"见刘备如此替自己着想，孙尚香也就依从了刘备。

孙尚香是从公安门出荆州城的，因为坐在花轿里，头上又盖着喜帕，她并不清楚自己出了城，直到轿子上了船，她才感到水的摇晃。

"这是要去哪里啊？"孙尚香问小红。

"小姐，听说主公在江那边给你建了一个大大的城堡，样子和我们住在北固山一样。"

孙尚香没有感到江上的风浪，抑或是丫鬟们接下来的话分散了孙尚香的注意力。

"小姐，你是没看到，整个江面全是船，船上都贴着大红喜字。"小红有心想数一数，但丫鬟小云却兴奋地喊了起来："数不过来，数不过来，船在江上铺了好多条马路，已看不到水。"

孙尚香就听两个丫鬟在耳边叽叽喳喳，有心想掀起盖头看一眼，又怕被人发现。正在这时，喜庆的锣鼓声已在对岸响起，为了呼应，送亲的船队也响起了锣鼓声。就这样，孙尚香在一片热闹的锣鼓声中被抬进了城堡。

拜堂的时候,为了打消鲁肃的疑惑,刘备在军师的暗示下,提前掀开了盖头一角。

"是郡主!"鲁肃激动地就像是看见自己的女儿结婚。

孙尚香也没想到,会在补办婚礼现场看到东吴来的亲人。

"子敬大人是吴侯特地派来给夫人祝贺的。"诸葛亮在自己给孙尚香送上祝贺时,不忘把鲁肃推出来。鲁肃赶紧接话道:

"是的,吴侯特地派老臣前来给郡主送祝福,祝你们百年好合。"说完,鲁肃朝孙尚香和刘备同时拜了拜。

孙尚香激动地流下了泪。为免夫人过于激动,刘备放下盖头,然后,由鲁肃和诸葛亮齐声高喊:"送入洞房。"

新娘子进了洞房,参加婚礼的开始入席就座。这一夜,城堡内灯火通明,觥筹交错,其乐融融,有种普天同庆之感。

只可惜,在这美好的时光里,刘备喝醉了。孙尚香盖着喜帕坐在床沿上,等刘备来掀一个甜蜜的盖头。在孙尚香看来,刚才在大庭广众下掀起的盖头不算,她要等刘备一掀开盖头,就飞上去给他一个长长久久的吻,这个吻,在她知道要补办婚礼时,就在她脑海设定好了。这次补办婚礼,孙尚香最看中的就是掀盖头这一环,她默默对自己说了无数遍,一定要把这一环补上。可等了半天,等来的却是醉醺醺的刘备。

就见刘备跟跟跄跄地扶着门框进了洞房,嘴里喊着:"夫人,夫人呢?"

孙尚香端坐在床沿,屏住呼吸。

刘备又在喊夫人，她还是不应声，只等刘备来掀盖头。但刘备却走到梳妆台边，呃呃呃地吐了起来。起先，孙尚香以为他只是打饱嗝，但还没等她喊丫鬟送茶水进来，刘备已吐了一地。孙尚香不能再等，自己迅速掀开盖头，一边喊丫鬟，一边问刘备要紧吗？

"不碍事，高兴，夫人，高兴。"刘备一边挥手，一边醉醺醺看着孙尚香，孙尚香扶他到床边，身体刚着床，刘备就头一歪，呼呼睡着了。

"是不是补办的婚礼太过盛大，才要让我留下一点遗憾，可有谁知，这遗憾对我却是刻骨铭心的失落！"孙尚香满怀愁绪地想。

第三十九章 兵至岳阳

刘备睡到第二天中午才醒。这时，孙尚香在丫鬟们的陪同下已逛完了整个园子，她的内心是充满感动的，因为走在这个园子里，有种回到甘露寺的感觉。除了见不到母亲，房子景物都是一样的，有棋房、琴房、登高台，而且还原了孙尚香在北固山的闺房。稍做改动的是：把孙尚香的闺房和甘露寺连到了一个院子里，这样进出更方便，不像在北固山——要经过外围走廊。配合建筑的是一湖池水，这湖池水把每个庭院连在一起，仿佛庭院是开在池边的花。考虑到孙尚香喜欢荷花，虽然眼下是冬季，万物处在凋零中，但池水里却盛开着亭亭玉立的荷花。

"小姐，你看——满塘荷花。"丫鬟们指着水边，惊讶地喊。

"真的呀！"小云蹦跳起来。

"你下去采一朵上来。"

小云领命，欢快地奔向铺设到河边的石子路，沿石子路下去，把手伸向荷花，

"小姐，不好采。"丫鬟小云笑着回转头，并招手让孙尚香过去看。孙尚香到了跟前，看荷叶青青，有水珠在上面滚

动，花瓣鲜艳欲滴，但把手靠近它，准备采摘时，才发现花是用绢帛仿制的。

"太逼真了。"孙尚香赞叹道。

"一定是主公为讨小姐欢心，请人做的。"小红说。

这时，其他丫鬟也来了，大家看到荷花是绢帛仿制的，齐声欢呼起来："真的是逼真，就像花儿是自己开的。""比自己开的还美！"与其同时，刘备也出现在身后。

"喜欢吗？"刘备问孙尚香。

"喜欢。这份礼太贵重了！"孙尚香激动地说。

"不贵重，夫人配得上。这座城池都是夫人的。"

"谢谢！"万千语言都含在这谢谢二字中，孙尚香内心的甜蜜自不待言。停了停，孙尚香幸福地问，"这就是夫君送我的惊喜？"刘备笑而未答。

刘备没有去议事馆，他借和孙尚香重温蜜月，以躲避鲁肃。鲁肃三番五次地去找诸葛亮，诸葛亮就劝鲁肃："别急，等主公回到议事馆再议。"

"可是，我出来已有半个月，真的不能再等了。"鲁肃一脸愁容。

"要不，你自己去郡主城堡找主公要手谕。"诸葛亮明面上是给鲁肃出主意，实际是推诿。刘备正和郡主在度蜜月，鲁肃作为一个深爱郡主、又巴望孙刘永结秦晋之好的老臣，会去做打扰两人恩爱的事吗？见鲁肃唉声叹气地皱眉头，诸葛亮宽慰道：

"孙刘两家已结盟，我家主公对东吴郡主的爱，你也是看到的，有什么好担心的，用事实说话，又何必非要拿一纸手谕。"

鲁肃想想也是。再待下去，怕周瑜着急，当日便告辞而返。

周瑜还真是急了，因为兵贵神速，加上年轻人有股说干就干的冲劲。在孙权派鲁肃到荆州借道时，周瑜就调遣三路大军，分别从交州、陆口和建业（今南京市）出发，由于部队人马多，考虑走水道：一来速度慢，二来恐沿途遭江北岸曹军袭击，于是，改走山路。经过一番长途跋涉，部队到了岳阳城，岳阳城是东吴的一个边关重镇，这儿储备了大量的粮草，周瑜在岳阳城举行了鼓舞士气的誓师大会。过了岳阳，很快就会到达荆州，从荆州走水路，曹军因赤壁之战留下的阴影还没散去，故不敢贸然在荆州出击，那么，东吴的军队就可直抵四川，收复益州。此番出征路线图已在周瑜脑海反复酝酿多次，胜利的果实早出现在他眼前。周瑜不想夜长梦多，该出手时就出手，也怕小人在背后捣鬼，说他有独大之心。因而在出征前，周瑜极力要求带上孙权的堂兄孙瑜，说一旦收复了益州，就立即把益州交给孙瑜，由孙瑜代孙权掌管，等彻底扫清障碍，再请孙权过去，那时孙权自可称霸中原。

誓师大会结束后，周瑜将三路人马进行混编，自己亲率一路军为先锋，陆逊在中间，程普负责粮草殿后。程普善用铁脊蛇矛，是东吴诸将中年岁最长，也是战功最显赫的一位，忠肝义胆，办事成稳，位列"东吴虎臣"之首。此番东吴的精锐部队倾巢出动，意在扬鞭西征，一举成功。

周瑜让部队做好随时待命的准备，只等鲁肃拿到"借道通行证"就出发。

第四十章 开营拔寨

鲁肃在荆州待了半个月,因为刘备的巧妙躲避,鲁肃无法拿到"借道通行证",又怕东吴这边着急,只得连夜赶回东吴向孙权复命。为了淡化自己无功而返,鲁肃向孙权大大赞美了一番刘备对孙尚香的爱,把刘备为孙尚香建城堡、补办婚礼的事滔滔不绝地说了一遍。孙权早露出了不耐烦:"我派你去,不是让你去了解他们的爱情,而是取通行手谕的。手谕在哪?取到了吗?"孙权伸手向鲁肃要手谕。

"他们正在度蜜月,老臣我实在不方便打扰……"

"你别和我说,去岳阳城找公瑾去说。"说完,孙权就背转身,不再理会鲁肃。鲁肃不敢懈怠,只得快马加鞭赶到岳阳城。周瑜见鲁肃到,非常开心,立即出门相迎,并亲自给他泡了一壶上好的龙井茶,说风尘仆仆,辛苦了子敬兄。寒暄过后,周瑜就直接明了地问鲁肃有没有拿到荆州通行手谕。

"说来惭愧!"鲁肃放下茶杯,把对孙权说的话又照搬对周瑜说了一遍,周瑜听得眉头直皱,碍于鲁肃是老臣,才没对他发火。

"也只能骑驴看唱本了。"周瑜起身,威严地向门口的守兵发话,"传令下去,明早卯时开营拔寨,向荆州进发。"

于是,一传十,十传百,将士们很快就接到部队出发的命令。这段时间,周瑜在岳阳城检阅军队,给将士们做了"入川爱护百姓,秋毫不犯"的动员工作,将士们早已摩拳擦掌。

第二天,天刚蒙蒙亮,部队就浩浩荡荡离开了岳阳城,开始,走得还顺利,但天大亮后,就有士兵来报,说后面有兵马骚扰。再打探,是张飞带着一路人马在后面攻城略地。又有探马来报,说骚扰的兵马已到岳阳城下。这还了得,岳阳城是东吴在南边的大本营,也是保证吴军西征的粮仓,一旦失手,吴军危矣!周瑜只得分出一股兵力去回防,但刚走出一个山坳,又接到探报,说后面的粮草遭到偷袭。为了便于接应,周瑜开始放缓行军速度,命令程普护粮伺机出击。几次交手后,发现张飞带的兵马不抢粮,也不伤人,冲撞一番就撤,搞得吴兵疲惫不堪,部队不得不停下。陆逊请命领兵和张飞决胜负,赶过去,张飞早带着兵马跑得不见踪影。等吴军开拔,他又率领兵马前来骚扰,从左右各个方向冒出,且带着士兵在旁边大喊:"周瑜小儿,听我张爷爷的,死了'借道荆州'的心吧!"

周瑜是又气又恨,拿张飞没有办法,陆逊再次举剑跃马去追杀,张飞跑得比兔子还快。

"不要因他坏了我们的西征大事。"周瑜叫回陆逊,部队继续前进。这时,先头部队里突然有士兵议论,

"万一荆州不给走,怎么办?"

"打呗。"

"可我们的郡主还在荆州呢！"

士兵的话传到了周瑜的耳朵。士兵能想到的事，周瑜会想不到吗？这几日，部队虽说往前赶，周瑜的心却是拎着的。张飞在后方骚扰，诸葛亮会不会在荆州排兵布阵，等他去钻？

"我们东吴兵强马壮，难道还怕荆州区区守兵？"陆逊主张快速推进，大不了在荆州决战。

"你以为我不想和他们决战吗？问题是，那会破坏盟约。更为揪心的是，我们郡主会成为他们手上的人质。"周瑜的眉头拧成一个结。

"正好趁机救出郡主。"陆逊坚持自己的观点。

"你想得过于简单了。"周瑜叹息道。

"那怎么办呢？如果他们硬是不肯借道。"老将程普忧心忡忡地问。他时刻保护着粮草，打跑张飞才得空过来开高层军事会。

"这也是困扰我的难题啊。"周瑜长叹一声，然后派人把鲁肃叫来，要他再到荆州走一趟。周瑜对鲁肃说，这么长时间，刘备的蜜月期应该结束了，你此番前去，如果刘备不见，就直接去找郡主，向她说明来意，请她从中周旋。

第四十一章 拔剑问刘备

鲁肃领命而去，但很快就空手而返。原来，东吴借道荆州的事，孙尚香已知道。上次鲁肃走后不久，有天，孙尚香在庭院散步，吴管家趁没外人在，就把孙尚香叫到一僻静处，悄悄对孙尚香说："郡主，你知道鲁肃为什么来荆州吗？"没等孙尚香开口接话，吴管家就一口气往下说开了。

"他不是吴侯派来祝贺郡主婚礼的，吴侯压根就不知道刘备要给郡主补办婚礼，他是奉吴侯之命，特来荆州借道的。"

"借道？"

"周瑜率领东吴将士要去收复益州，而到益州的路必须要经过荆州，现在荆州不是作为嫁妆送给郡主了嘛！因此，就派鲁肃来打声招呼，向刘备讨个通行证，以便顺利通行。没想到，正赶上郡主婚礼，鲁肃不便打扰，只得空手而返。现在周瑜率领东吴将士已到巴丘，急需一张通行证，郡主是否说服刘备，给开一张，老奴愿意送往巴丘。"

孙尚香想：荆州本来就是东吴的，是哥哥送给自己的陪嫁，借给娘家人走一下，又有何妨呢！于是晚上，刘备一回家，孙尚香就向刘备开口讨要一张"借道"凭证。

"夫人这是什么话，荆州都是你的，难道你走在上面，还要我出具凭证不可。"

"我是为东吴将士讨要的，他们想借道荆州，去益州。"

"这是谁和你说的，是吴管家吧。"刘备的脸色突然就阴沉了下来。

"开一张嘛！"孙尚香故意撒娇。

"这凭证不好开。"

"为什么？你刚才还说荆州都是我的。"

"真是妇人之见。"刘备不想和夫人讨论，起身要离开。但孙尚香把住了门，且喋喋不休地说："这就好比出嫁时，娘家陪了你二十万嫁妆，突然，娘家发生一些变故，急需用钱，而陪嫁给你的二十万嫁妆，你又刚好没动，难道不应该拿出来给娘家人做些应急吗？这钱本来就是他们的，他们不说要回去，仅仅是借，难道你还好意思拒绝。"

"这是两个概念，别胡搅蛮缠。"刘备伸手想拽开孙尚香，孙尚香不让；再拽，孙尚香恼了，从袖口里掏出一把宝剑。

"你也太蛮横了。"刘备跌坐到椅子上。

"开一张通行证，有那么难吗？"孙尚香把宝剑插入剑鞘，眼泪也跟着落了下来。

"不是你想得这么简单，就几个字的事，那是关乎性命的事。你能保证，东吴士兵会秋毫不犯，保证荆州的老百姓不怨声载道，保证驻守荆州的将领会乖乖让道，毕竟荆州城能有今天，也有他们的功劳。"

"我用性命担保东吴军。"

"可我不敢拿夫人的性命冒险。"

"你就是不想开。"

"你不懂,和你说什么,你都不懂。"

"我不要懂,我不想做个忘恩负义的人。"说着,孙尚香嘤嘤地哭泣起来。刘备厌恶地看了看夫人,然后,拂袖而去。

一连几日,刘备都没回郡主城堡,他到荆州公馆去住了,顺便叮嘱关羽加强防备。

孙尚香见刘备几日不归,一气一急,也就生病了。鲁肃第二次为借道来荆州时,正逢孙尚香生病。因为郡主生病,鲁肃也不便打扰。到议事馆找刘备,也没有见到人,诸葛亮说,刘备回老家寻亲去了,已去了好几天,不知何时才回。

"我怎么这么无用呢,连一个'道'也借不成。"当着诸葛亮的面,鲁肃唉声叹气。

"不是子敬无用,这个'道'本就不该来借。"

"军师,此言何意?"鲁肃想得到更明确的答复。但诸葛亮却越发含糊地来了句:"两家本一家,哪有借与不借之理?"

鲁肃越发被绕糊了,他也没精力琢磨明白,得赶紧回去复命。

第四十二章 周瑜妙计

面对空手而返的鲁肃，周瑜并没有气馁，立即找陆逊、程普商讨作战计划。从诸葛亮对鲁肃含糊其词的话语里，周瑜看出了刘备已在荆州严阵以待。

"那怎么办？不如回撤。"鲁肃建议。

"军机稍纵即逝，好不容易等到的壮大东吴的机会，怎能轻易放弃。"周瑜不愿回撤。

这时，一向稳重的程普说了一句："张飞是个莽夫，万一断了我们的后路，到时，恐怕会受到两面夹击。"

"你的意思也是回撤？"周瑜问程普。

"是的。"程普边点头边说。

"回撤，正中诸葛亮下怀。"周瑜思考着，突然充满智慧地说，"我主意已定，要加快行军速度，派股奇兵潜入荆州，先救出郡主，然后开进。"

这真是一招妙棋！陆逊听罢，立马请战，说自愿带一批水性好的奇兵潜入荆州。

"先做个周密的计划，明日挑选十个剑法和水性都是顶级的士兵，夜间出发，由子敬带路。"周瑜说着，见鲁肃面有难色，也难怪，才回来，又要出发，换成谁，也吃不消这般奔波。于是，周瑜就对鲁肃说，"就你熟悉郡主住的地方，等救出郡主，你就可以高枕无忧了。"

"不是我不愿意去救，他们夫妻好好的，我们这不是在拆散一对鸳鸯吗？"

"谈不上拆散，等我们过了荆州，取下益州，再完璧归赵。"周瑜回鲁肃。

"那要看刘备对郡主好不好，刚才子敬先生不是说郡主病了吗？如果是被刘备气病的，就该早点把郡主接回东吴。"陆逊道。

"郡主救出后，刘备若借道，大家皆大欢喜，若不借道，我们和他们交战，也不会有所顾忌。我同意公瑾的策略。"程普一边分析，一边对周瑜的计策表示赞同。

大家又商议了一会儿，就开始分头行动。鲁肃的任务是呼呼大睡，养足精神，可是他哪里睡得着，他闭着眼祈祷不要开战。他甚至想：在救郡主时，要不要弄出点动静，他实在不敢想把郡主带出城堡会造成什么后果。陆逊去挑选士兵，他设想着明天接到郡主后，把她带到哪里，得先找个安全的地方，把她藏起来。程普去准备粮草，因为，行军打仗，保证粮草供应是根本。

周瑜巡视营房，又给士兵们做了一番鼓励后，士气大增。

只是，天气突然转冷，是倒春寒，刮在身上有点刺骨，周瑜不免感慨：从冬天冒着风雪出发，转眼万物已复苏，人却止步在路上，没立半寸战功。看来得加快行军速度。

第四十三章 箭伤复发

回到帐营，周瑜感到肋骨处有点痛，便用手按着，伏在案几上，他准备草议一份作战计划。可没写几个字，就感觉痛得厉害，脸上开始冒冷汗。卫兵看到后，惊慌得不知如何是好。

"慌什么？"周瑜轻描淡写地说，"不过是受了点风寒，去生盆炭火吧！"

卫兵抱来一个炭盆，往里投放了一些折断的树枝和茅草，点上火，放到周瑜身边。周瑜的脸颊立即就被火光映红，同时，身子也感觉暖和起来，肋骨似乎不那么痛了，便继续草议计划，刚写几个字，就感到嗓子眼发痒。卫兵给倒了杯热水，周瑜端起杯，想喝一口润润嗓子，不料嘴一张，吐出了一口鲜血。

"大都督！"卫兵惊慌失措，要跑到外面叫大夫，被周瑜叫住了。周瑜知道，他的箭伤复发了，把大夫叫来也没用。所幸他的行军袋里还有一包备用药。他受伤时，郎中给了他两包备用药。前些日子，碰到张飞带兵在后面挑衅，他疲于周旋，已发过一次，那次复发时，正好鲁肃在面前。鲁肃要周瑜停下修养,被周瑜拒绝了。周瑜说军队士气正旺,决不能因自己的一点小病影响行军。

"还小病!你都吐血了。"鲁肃心疼地说。

"我的病,我知道。"说着,周瑜就要卫兵从他的军用包里取来一包药,服下后,果然就好了。

"什么药,这么神奇?"鲁肃问。

"不告诉你。"周瑜故意说。

"不说我也知道,是当年那个郎中给开的。"鲁肃八九不离十地猜着,周瑜笑而不答。但随即,他就命令在场人,不准把他的病况透出去半个字,否则军法处置。

没想到,这才不到一个月的时间,大都督的箭伤又复发了。卫兵顾不得多想,急忙按周瑜的吩咐,到挂在墙上的军用包里,替周瑜找来那包救命的药。真怕药在行军中被弄丢,还好,一小包药用芦苇叶里三层外三层地裹着,端端正正藏在军用包内层的小口袋里。卫兵把药拿给周瑜,周瑜把药服下。

"大都督,我扶您躺下吧。"卫兵实在不忍心看周瑜每天都这么拼命工作。

"不急,等我把这计划写好。"见卫兵站着不走,周瑜又说,"作战是关乎人命的事,来不得半点马虎,事先必须要有周密部署。"

"可是,身体也是要紧的。"卫兵劝说。

"我知道。"说着,周瑜又伏案斟酌他的计划,到很晚才休息。第二天,部队急速前进,先头部队已逼近荆州城外30公里。周瑜登上一个小山坡,极目望前方:一江横陈,渡过去,就是荆州。再看荆州城墙上旌旗招展，士兵黑压压列队而站，感觉有股杀气从荆州城传出。周瑜想：东吴的士兵也不是泥捏的，只要把郡主救出，到时他一声号令，成千上万的士兵往前冲，估计他们也阻挡不住。

"那时，不管刘备借不借道，我周瑜都是要过的。"周瑜信心满满地自语。

第四十四章 命悬一线

傍晚时分,天突然下起了冰雹,紧接着就是鹅毛大雪。在这样的天气,把郡主救出城堡,该放在哪里是好呢?总不能让郡主跟着受冷受冻吧!于是,周瑜派人通知陆逊等雪停了再行动。

但是,雪没停,整整下了三天三夜,且路上结起了冰,连江面上都结了一层薄薄的冰,南方的冰不比北方,是很容易碎的,承载不住人,更不便于船只的行驶。就在周瑜为这场大雪发愁时,诸葛亮派来一位使者,交给周瑜一封信。信上说:公瑾放心,天不给力,请回吧!至于郡主,请放心,我们只会比您更加关心她。

"你们把郡主怎么了?"周瑜强忍着怒气,问来人。

"也没怎么,就是军师怕郡主受到惊扰,派士兵把郡主城堡保护起来了。"使者镇定地说。

周瑜面容痛苦,打发走使者后,仰天长叹:"既生瑜,何生亮!"随即,吐出了一口鲜血。

众人赶忙扶周瑜躺下。周瑜刚缓过神,就有士兵火速来报。鲁肃示意士兵有事等会儿再说,周瑜却开口了,声音很微弱:"发生了什么?"周瑜招手让士兵靠近点禀报。看周瑜气若游丝的样子,士兵不忍心大都督再为军情上火,便尽量放缓语气汇报,说岳阳城遭到张飞偷袭,东边城池吃紧。周瑜听闻,惊得就像脖子被人掐住,从梦魇中挣脱出来,半坐起身,拼尽最后一点力气,气喘吁吁给程普下令,要他放下运粮任务,立即率后防部队救援岳阳城。

"不能让东吴的老百姓在大雪天,无家可归啊!那样就是我的罪过了。"说完,周瑜筋疲力尽地倒在铺板上。

士兵轻声道:"岳阳城一带没有下雪。"

"你说什么?"鲁肃以为自己耳朵听错了。士兵又说了一遍,还说,他沿路来,都没看到雪,直到进入东吴的营房区才看到雪。

"这就怪了。"听了士兵的话,陆逊也一头雾水,他刚从前方探路回来,前面路上铺满了雪,江面上的冰也没化。

"天不助我!"周瑜突然迸发出一声撕心裂肺的哀叹,随后便昏死过去。

随行大夫过来又是掐人中,又是针灸,但周瑜始终处在昏迷状态。鲁肃赶紧派人去请孙权的堂兄孙瑜。孙瑜过来,看到周瑜奄奄一息的样子,心里也着急,于是,一边呼喊,一边念叨:"公瑾,你还没有给东吴留下接班人呢!你不能就这么一走了之。你不能一走了之啊!"

直到程普把收复岳阳城的喜讯传来,周瑜才从嗓子眼里吐出一口气。

"公瑾，你醒啦！"孙瑜一把抓住周瑜的手，但周瑜无力和他相握，于是，孙瑜就附到周瑜耳边问，若他走后，谁接他班，周瑜指了指鲁肃，再问鲁肃之后是谁？周瑜却无力地闭上了眼。

第四十五章 回天无术

"往回撤吧！"孙瑜对鲁肃说。鲁肃临危受命，他传话下去，部队调转方向，由陆逊做先锋，立即撤往柴桑。他之所以将部队撤往柴桑，主要是柴桑有周瑜的府邸，又离荆州较近，可以派人到荆州找郎中来给周瑜医治。如今，周瑜命在旦夕，部队回撤，鲁肃只能请诸葛亮出面帮忙寻郎中了。

他一面写信，派人给诸葛亮送去，要他看在孙刘结盟的情谊上，务必找郎中给周瑜开剂药送来；一面让人快马加鞭，十万火急赶往东吴，请吴侯和周瑜夫人小乔到柴桑；同时，传令程普，以粮草为重，岳阳城下待命。张飞的部队见程普率兵来救援岳阳城，仅交战两个回合，就主动撤走了。程普想率军追击，又怕吴军走后，粮草被抢，正在犹豫中，接到了命令，便赶紧鸣金收兵，要士兵们回头把路上的粮草搬运进城，且在城下安营扎寨。

吩咐完这些，鲁肃才脚步匆匆往前追赶先头部队，因为，先头部队正抬着周瑜的病体往柴桑赶。到柴桑，刚把周瑜放到床上，吴侯和小乔就赶到了，吴侯还带来了东吴最好的大夫。

"周郎，我的周郎怎么了？"小乔一进门就泪涟涟地喊，门里门外站着好多士兵，大家心里都很难受，没有人回答她。陆逊见状，忍着眼泪，赶紧过去扶她。就见小乔直扑到周瑜面前，拉着周瑜的手伤心欲绝地喊："周郎，周郎，你是怎么了，我是你的小乔啊。"

这时，吴侯也行色匆匆地走了进来，士兵们想行礼，吴侯一摆手，那意思是都免了罢。吴侯在鲁肃的陪同下来到周瑜的床前。

"公瑾，我的好公瑾。"吴侯声音哽咽。

小乔更是哭着喊："周郎，周郎，吴侯来看你了，你快睁开眼啊。"

吴侯示意陆逊把小乔往边上拉一拉，好让他带来的大夫给周瑜诊治。田大夫把了把周瑜的脉，又把周瑜的眼皮翻开来看了看，然后对吴侯摇了摇头。

"我不管，我命令你，一定要把公瑾治好。"吴侯用手指着田大夫，态度坚决。

"你就是杀了我，我也无回天之术。"田大夫低垂着头，一副任凭处置的可怜样。

"乔……乔……"周瑜的声音低弱得像只蚂蚁，伴随着这气若游丝的蚂蚁声，他的眼睛也睁开了，只是，眼神很淡漠，没有光泽。

"我在这里。"小乔扑到周瑜的怀里。

大家都为周瑜的突然开口而高兴，吴侯也走过去拉着周瑜的手，对他说："我即使输掉整个东吴，也不要输掉你的命。"

周瑜嘴角露出了一丝稍纵即逝的笑，他指着田大夫用尽最后的力气,说:"别……别……别为难他。"说完,头一歪,不再有任何反应。

小乔趴在周瑜身上大哭不已:"周郎,周郎,你醒醒啊,你不能丢下我不管啊!"呼天唤地的哭喊声听得人肝肠寸断。

第四十六章 寻访郎中

诸葛亮和刘备正在宾阳楼上下棋,忽有士兵来报,说东吴的军队撤了。这是什么情况,诸葛亮赶紧和刘备出楼瞭望,这时,又有探报来报,说东吴的军队正在往柴桑方向撤退,奉命在后方骚扰的张飞也派人传来消息,说东吴的军队已全部撤走,就留下一路人马回防岳阳城。问军师要不要再对岳阳城发起骚扰性进攻?

"东吴的军队已撤,传令张将军立即收兵,撤退三十里待命。"诸葛亮把张飞派来的传令兵打发走后,正琢磨东吴的军队撤退的意图。这时,鲁肃派去的信使已到。信使把信呈交给诸葛亮,诸葛亮看了一眼,就把信转给刘备。

"原来是周瑜病了。"刘备一边看信一边发出感慨,"军师,你看此信有几分真假,会不会是周瑜故意装病,想从柴桑进攻荆州?"

"我看不像。他们已经到了我们的家门口,如果不是病重,又何必撤回去,再经一番折腾;更何况从柴桑到荆州还有一段距离,足够我们排兵布阵,利用江水沿路拦截。"

"那军师的意思是要送药去?"

"是的,不但要送药,而且,还要给他带去最好的郎中,好不容易建立的孙刘同盟，我们不能轻易破坏。"

"那就有劳军师了。"刘备对诸葛亮拱手施礼。诸葛亮还礼，随后立即告辞，去寻访郎中。

上次，郎中给周瑜治剑伤时（周瑜在和曹军争夺南郡治所——江陵的战役中右肋中了毒箭），诸葛亮正好在旁，诸葛亮是有心人，他当时就记下了郎中行医的店铺——荆家药铺，和郎中的名字——宝境。刘备接管荆州后，诸葛亮还特地去荆家药铺逛了逛，知道宝境的为人和药铺所在的位置。

此次，诸葛亮又亲自登门，但店门紧锁，从邻里处获悉：郎中外出采药去了。

"去郊外搜，去山里搜，挖开荆州的每一寸土，也要把宝境郎中给我找回来。"诸葛亮传令下去，将荆州城上严阵以待的士兵统统撤下，去寻找郎中。

"军师这卖的是什么药，昨日还要我们握紧武器，警惕东吴来犯，今日倒又叫我们放下武器，去为东吴的大都督寻找郎中，真是搞不明白。"

"不需要搞明白，军人以服从命令为天职。"

士兵们嘴上发着牢骚，脚步可不敢放慢，于是，城里城外，山里水边，到处都是搜寻郎中的士兵，有士兵想到了声音找人的办法。

"宝境郎中，你在哪？快出来，军师找你。"声音一传十，十传百，百传千，在荆州大地回响，很快就传到了宝境郎中的耳朵里，于是，在山涧里采药的宝境郎中，立即乘木筏而返。他一出现，就被士兵们簇拥着带到了军师府。

"军师，你找我？"这么劳师动众地找宝境，宝境觉得不可思议，一见诸葛亮的面就主动发问。

"是的。你赶紧带上药材，随我去一趟柴桑，有个病人正等着你去救治。"

"是东吴的大都督吗？"往军师府走的时候，宝境已从士兵口中知道了一些大概。

"是的。"

"东吴的大都督死了，军师不正好少个对手。为什么军师还派人找我，去给他治病呢？"宝境不解。

"走掉一个对手，还会再来一个对手，人命关天，不能见死不救。再说了，如果都把你的对手弄死了，没有竞争，你又有什么乐趣！"诸葛亮感叹道。

"小人不明白。"郎中摇头。

"你不需要明白，快收拾一下，随我去便是了。"诸葛亮催促宝境。

于是，郎中即刻回店铺，抓了五服专治周瑜伤病的药。

"你抓仔细点，别搞错了。"诸葛亮在旁提醒。

"军师放心，我也爱惜周瑜的雄才伟略，给他治病的药方，我早铭记在心。"说话间，药方已抓好，诸葛亮让刚才护送来的士兵，再驾驶马车送他们到江边，那儿已有船只在等候，诸葛亮和郎中一到，船立即起航，向柴桑进发。

柴桑属于庐江区域，地处长江南岸，在荆州的下游，船顺流而下，不过两三个时辰。快到柴桑，诸葛亮突然起了一身鸡皮疙瘩，感觉身子骨发凉，他预感到不好，隐隐中有哀乐声传来，船前行五十米，再看，整个江上都是白帆高悬。难道公瑾……诸葛亮不敢往下想，催促船夫快点划桨。

第四十七章 柴桑吊唁

船刚一停靠，诸葛亮就拎着药，跳上了岸。穿着孝服的鲁肃已到岸口等候，他的身后临时搭了一个牌坊，上书"东吴大都督永垂"七个大字，牌坊四周也都裹着白布。

"公瑾他——"诸葛亮向鲁肃求证，他希望眼前看到的不是真的。

"你来迟了。"鲁肃痛苦地回了句。诸葛亮往后倒退了一步，悲从心起，拎来的救命药材散落在地。

鲁肃在前引路，诸葛亮含着悲痛随鲁肃到了周瑜府邸。周瑜府邸是一片冰冷的白，从门楣到帷幔，从将军到士兵，连吴侯都是一身素服，小乔更是披麻戴孝，跪在周瑜的灵柩前哭泣，她的嗓子已哭哑。

死者伟大，诸葛亮先到周瑜的灵柩前祭拜。

"公瑾呀！亮今日给你带来了郎中，你为什么不等一下我呢？我还有好多事要和你切磋啊！"诸葛亮声泪俱下。跪在一边的小乔发现是诸葛亮，立即愤怒地爬起身——要知道，小乔在这之前，已哭的没有一点力气。也许是仇恨的缘故，小乔的体内一下就爆发出了可以把石头震碎的力气，就见她使出浑身力气,把诸葛亮往门外推。

"别猫哭耗子,假慈悲!给我出去,这里不欢迎你!"

"嫂子,你的伤心,我能理解。"

"不要你理解,是你害死我的周郎,你给我滚!"说着,小乔就发疯似的用头把诸葛亮往外撞。

鲁肃示意诸葛亮出去,诸葛亮退到门外,又对周瑜的灵柩拜了三拜,屋内是小乔的号啕大哭声。

吴侯也含着泪走出,诸葛亮给吴侯行礼,并对周瑜的死表示遗憾,要吴侯节哀顺变。

吴侯长叹一声:"英雄气短,令人感伤!"然后,望着滔滔江水,面向荆州。那是周瑜希望到达的地方,也是吴侯心中的痛。

鲁肃带诸葛亮到江边亭中歇脚,四面是哀伤的乐曲。

就这样,吴侯带头给周瑜守孝三天,诸葛亮也向鲁肃要了一件孝服,在柴桑给周瑜守孝三天。在这三天里,他的脑海中想到的都是和周瑜合谋攻打曹军的事。记得赤壁之战前,他和周瑜登上京口算亭,面对滔滔长江水,二人在手心各写一字,同时打开,结果,他们写的是同一个字:火!火烧曹营,那叫一个痛快!如今,上哪去寻找像周瑜这样的知音对手。诸葛亮伤心不已。

"你应该高兴才是,干吗还伤心呢!"鲁肃故意说着气话。

"人人都说我该高兴,其实,我的心是和你一样难受。"诸葛亮把手放在胸口,一副难受的表情。

"自然这样,为什么不肯借道给我们呢!"

"不是我们不借,是怕大兵过境惊扰到荆州的百姓。"

"那你派张飞在后面骚扰又是为何？"鲁肃针锋相对。

"那是我们的不对，行了吧！"诸葛亮不想在这个悲伤的时刻，再往东吴人的伤口上撒盐，就主动承认了错误。

"以小人之心度君子之腹。"鲁肃继续不留情面地说。

"如果你这样说能解气，能换回公瑾的命，你就尽管说好了。"诸葛亮一副苦笑的表情。鲁肃冷静下来，长叹一声："说什么都晚了。"

"就是，逝者已去，我们活着的人还要好好生活，可不能再生变故，让曹军获利啊！"诸葛亮的话点醒了鲁肃。

第四十八章 肝肠寸断

给周瑜发丧后，留陆逊在柴桑防守，鲁肃随吴侯和小乔等一行人回东吴。路上吴侯对小乔说，"弟妹，人死不能复生，你要好生保重身体，你放心，公瑾的儿女就是我的儿女，以后，不管遇到什么事，你尽管来找我，你就让孩子们把吴侯府当成是自己的家好了。"

小乔哽咽着回说："谢吴侯关心。没想到我高高兴兴到柴桑来见周郎，却是永别。"说完，又泪流不止。

"公瑾是为东吴而战，古语说得好，生逢战乱，好男儿马革裹尸，死得其所。相信东吴人和东吴的后代，以及生活在这块土地上的人——不管是敌人还是朋友，都会记住公瑾的盖世英名。"

小乔只是流泪，此刻，她想不到那么远，她只知道她失去了最深爱她的丈夫，她的丈夫再也回不来了。他那么年轻，才三十六岁！他们说好，要一起庆祝生日的。没有人能体会她心中的痛，爱有多深，痛就有多深。为什么上天不再多给他一些时日，让他们的孩子长大，她好没有牵挂地一心去陪他。一兵一卒没伤，作为大都督的他却走了，路上没有一个人陪伴,他会不会孤单啊!小乔就这么痛不欲生地想这想那,一路上眼泪都没干。该劝的话都已说尽,再也找不到劝说的词,大家都默不作声地陪着难受。

铁瓮城已隐约出现,这时鲁肃开始说话:"大家都打起精神,逝者已去,我们只有更好地活着,才对得起死去的人,因为他是为我们的好生活奋斗而亡的。"

"子敬说得没错,大家都打起精神吧。"孙瑜代吴侯发话。随后问吴侯是先送他回府,还是送小乔。

"先送小乔回府吧!"吴侯说。于是,马车夫在接到指令后,便驾着马车往公瑾府赶。

仆人们已站在门口等候,吴侯对仆人们说,好生伺候小乔,有什么需要,直接到吴侯府找他。仆人们一边点头,一边扶小乔下车,小乔疲弱到极点,由四五个仆人架着她回房。

这边吴侯刚回到府邸,周瑜家的管家就慌张张来报,说小乔昏死了过去,刚好去柴桑给周瑜治病的田大夫还没走,吴侯便让田大夫立即前去诊治。

原来,小乔回到家,一躺到床上,就忍不住又想到和周瑜在一起的日子。这是他们双宿双栖的婚床,他们曾经是多么的恩爱,如今,却只有她孤零零一人躺在上面,她的周郎再也不会来陪她了。她哭哭想想,想想哭哭,突然就没了气息。丫鬟们见小乔没了气息,慌得乱了手脚,幸好有个老妈子会掐人中,于是,就一边掐人中,一边派管家到吴侯府求救。

田大夫到时,小乔刚缓过一口气,但整个人脸色刷白。田大夫给小乔把了脉,说刚才是气血攻心,要她不要乱想,凡事以身体为重。接着田大夫给开了药方,要管家去药铺抓药,直到药煎好,给小乔服下后,田大夫才回吴侯府复命。

"她的身体有大碍吗?"吴侯问。

"暂时已经平稳,病人已服药睡去。"田大夫说,他给小乔开的是安神镇定药,小乔已三天三夜没有合眼,再好的身体也经不起这般折腾。

第二天,吴侯又派田大夫去给小乔诊治,同时,要母亲带着嫂子大乔,一起去宽慰小乔。吴国太搂着小乔就像是搂着自己的女儿——"乖乖肉,乖乖肉"地喊个不停,"我的乖乖受苦了,受苦了。"

小乔趴在吴国太怀里嘤嘤哭泣。

"你的痛,我们都经历过,是上天不开眼,你要哭就大声哭出来吧。"吴国太搂着小乔,轻拍着小乔,就像哄哭泣的婴儿。大乔也抓住妹妹的手,一边陪着流泪,一边说:"妹妹,你要多想想孩子和爹爹。如果妹婿还活着,看你现在这样,他也会伤心死的。你得坚强起来,把他的孩子抚养成人。"

"妹妹,你听到了吗?"大乔的声音里有一份同病相怜的痛,因为她也是年纪轻轻就失去丈夫,更有一份对妹妹的关心,她害怕妹妹消沉下去。

回答大乔的是小乔"哇"的一声大哭。

"哭出来就好了。"吴国太和大乔同时说。果然,小乔哇哇大哭过一阵后,头脑就清醒了许多,她谢吴国太来看她。

"傻孩子,都是一家人,不要说谢,你好好的,我们就放心了。"

小乔哽咽着点头,当日大乔留下陪妹妹,吴国太回安宁宫。又过了一天,乔国老过来,把两个女儿一起接回了娘家。

第四十九章 怨气难消

孙尚香身体欠安,一直躺在床上,丫鬟小红劝孙尚香到院外走走,呼吸一下新鲜空气,因为老躺着,没病也会躺出病。孙尚香觉得有理,就随丫鬟小红来到院外,刚走到亭子边,就见对面的山石处有个人影。

"出来吧!小姐已看到你了。"丫鬟小红朝人影喊。山石后的那人走了出来,孙尚香一看,是吴管家,于是,又记起了东吴借道的事。她要吴管家过来说话。

"郡主,我说出来,你千万不要难过。"一到跟前,吴管家就对孙尚香说,同时神秘秘地看着四周,唯恐他的话被别人偷听了去。

"说吧,我不难过。"孙尚香以为吴管家是要说借道的事。

"郡主,你知道发生什么了吗?"吴管家抽泣起来。孙尚香预感到事情的严重。

"你快说啊,发生了什么?"

"你知道吗?我们的大都督死了。"

这不亚于是五雷轰顶,怎么可能呢!周瑜那么健硕,那么气宇轩昂,又那么风度翩翩。

"你听谁瞎说的。"孙尚香不相信,她无法接受这个事实。

"给公瑾看病的宝境郎中回来说的,诸葛亮已去吊唁。"吴管家抽噎着说。

"我不信,前几日,他不是还要借道荆州的嘛!"孙尚香说。

"问题是这边迟迟没肯借道给他。"停了停,吴管家接着说,"郡主你有所不知,在这边迟迟不肯借道时,公瑾已计划先派人到荆州,想把郡主救出后,再出兵,不料赶上郡主生病,部队又遭遇风雪,更有诸葛军师已派人把郡主的城堡围了起来。硬闯的话,只怕伤了郡主,他左右为难之际,急火攻心,剑伤复发,只得退回柴桑,最后,不幸死于柴桑。可怜!天不假年,枉费了一世英才。"

吴管家感叹一番后,见孙尚香呆呆的不语,就又说了句:"如果荆州这边不多加阻挠,如果他能及时赶到荆州,也许就不会死。因为荆州有给他治病的郎中,他以前的剑伤就是在荆州治好的。"

吴管家的话像铁锤,字字句句砸着孙尚香的心。孙尚香感觉自己的心肺快要爆炸了。她有一种冲动,想立即冲到刘备面前,去责问他,为什么不肯借道给周瑜?

丫鬟看到孙尚香气得脸色发青,就摆手示意吴管家不要再说了,但吴管家还是没能管住自己积压在心里的愤怒,又说了句:"我就是不明白,借个道怎么了,荆州可是我们东吴的,是我们郡主的陪嫁。"

"你说得没错,可现在说这些,又有什么用呢?"小红丫鬟再次示意吴管家打住话题。

"也是,可怜的公瑾就这样白白送了命!"吴管家感叹一声,这才收住话题。

"他还那么年轻——"孙尚香伏在亭子的廊柱上哭了起来。

晚上,刘备刚进家门,孙尚香就冲到他面前,怒目圆睁地说:"这下你满意了。"

"说什么呢!夫人。"

"你逼死了公瑾。"

"夫人,这帽子有点大,不能不分青红皂白。"

"如果你借道给东吴,公瑾会死?"

"这不好说,他是死在路上的,并没有来荆州。"

"那是你不肯借道,他被耽搁在了路上。"

"确切地说,他是被大雪困住的。"

"没有人比你狡猾,你霸占着别人的城,却不给别人路走。"

"你和我还是夫妻吗?怎么处处帮外人说话?"刘备火了,觉得孙尚香不可理喻,都是夫唱妇随,她倒好,竟然指责自己的丈夫。

"那不是外人,那是我娘家人。"孙尚香也气得不肯让步。小乔那是她的闺密啊,而闺密的丈夫又因处处考虑她的安危,才瞻前顾后、左右为难,最后把命送掉。想到这些,孙尚香能不生气嘛!

"你一定是受了什么人的蛊惑,是吴管家吧!"刘备虽然火冒,但脑子还是冷静的。

"与他不相干。"孙尚香维护吴管家。

"那我去问他。"刘备说着就往外走。他哪是去找吴管家,他是想躲避孙尚香。

"你给我回来。"孙尚香喊，但刘备早脚步匆匆地迈出了院门。刘备在街上正好碰到赵云，就拉他到一家酒馆喝酒。几杯酒下肚，刘备就开始抱怨孙尚香，赵云劝他，说嫂子是性情中人，脾气有点急躁，有什么话藏不住，但说出来就好了。

"你不知道，她刚才发的那股无名火。"刘备一边端杯，一边拍打赵云。

"你忘了，她和小乔是闺密，公瑾又是她哥的好兄弟。"赵云宽慰刘备。刘备怨气难消，摇着头说："不可理喻，不可理喻。"

赵云不再多话，只是陪刘备喝酒。

第五十章 不辱使命

孙权已从他堂兄孙瑜口中得知：周瑜临死前已安排鲁肃接替他做大都督。因此回东吴不久，孙权就召见鲁肃，问鲁肃："当前是继续西征还是收兵？"

"臣以为，当前的士气不适宜继续西征，应当休养生息，修复和刘备之间的误会。"鲁肃回复道。

"那我们的公瑾岂不是白白牺牲了。"孙权不想和刘备修复关系。

"他不会白白牺牲的，我会去荆州，替他讨回公道。"

孙权沉思了一下，说："那你就去吧！要他们割地赔偿，不然，就开战。"

鲁肃带着使命再次来到荆州，他受到了刘备和诸葛亮的热情接待。诸葛亮好不见外地拍着鲁肃的肩背，说他就知道子敬会来，因为子敬是最在乎孙刘联盟的。

"我是在乎孙刘联盟，不想让曹操坐收渔翁之利。"鲁肃也不遮着掩着，开门见山地说，"但是这次情况有别，我们本只是借一下道，你们却推三阻四，害我们大都督命丧黄泉。"

"子敬，这样说就没意思了，公瑾的死，我们也很难过，这是谁也预料不到的。"诸葛亮推心置腹地说。

"就是，连我的夫人都哭得眼睛像核桃，几天不睬我。"刘备也倒苦水。

"我们东吴的女子就是有情有义。"鲁肃说，"正是看在郡主的面上，我们才不想和你们撕破脸，但你们也得拿出点诚意，不能让我们东吴白白遭受这么大的损失。"鲁肃义正词严。

诸葛亮和刘备交换了一下眼神，然后很爽快地答应，撤走荆州南部张飞的部队，并把张飞抢夺的城池完好无缺地归还给东吴，且把荆州南部——公瑾带兵经过的属于刘备的两个郡——桂阳和长沙作为补偿，全部交给东吴管辖，归孙权所有。

鲁肃没想到刘备和诸葛亮会这么爽快，这样的条件已远远超出了他和孙权的预想，于是，他代表孙权和刘备重修旧好。

"既往不咎，孙刘两家依然是盟友。"鲁肃率先举杯。

诸葛亮和刘备亦同时举杯。

鲁肃不辱使命回到了东吴，孙权也不再提西征的事，孙刘两家相安无事，直到合肥战争爆发。

第五十一章 冰释前嫌

鲁肃去荆州的那次谈判,东吴除了获得荆州南部两个郡的补偿外,刘备还特地邀请鲁肃到他家里赴宴,给了他单独与孙尚香见面的机会。

孙尚香见到鲁肃是既惊讶又激动,同时还有点委屈,鲁肃也是分外高兴,说能见到郡主是他的福分。谈话中自然说到了周瑜。孙尚香问鲁肃:"周瑜的死是不是刘备不肯借道所致。"

"郡主何出此言?"

"大家都这么说。"

"赶紧打消这个念头,一切都是天意。"见孙尚香不信,鲁肃又说,"我此番来就是修复两家关系的,关系好,百姓安居乐业;关系差,生灵涂炭。郡主,切莫听信谣传。"

"借道是不假,但刘备没说借还是不借,他是处在摇摆中,凡事总要给人思考的时间吧!如果,硬要怪罪,只能怪老天,给了刘备思考的时间,却用大雪封住了我们东吴的等待。"鲁肃绞尽脑汁开导孙尚香,他不希望孙尚香和刘备之间因为周瑜的死而产生怨气,那样孙刘联盟将名存实亡,这是他最不愿看到的。

"你是说，东吴下雪了？"孙尚香接着问。

"东吴没下雪，雪是下在我们东吴军队的营房和它将要前行的路上，连通往荆州的江面都被冰雪封住了。"

"可我待的城堡并没下雪啊。"孙尚香感到疑惑。那段日子，她因身体不好，躺在床上，但眼睛是睁着的，如果外面下雪，她从窗口就能看到，再说每年只要一下雪，丫鬟们就会第一时间，把雪收集回来做雪糕，就是丫鬟们忘了做雪糕，丫鬟们每天上午去园子里给她摘来的梅花瓣上也应该有雪的痕迹吧！可是，一点也没有。那花瓣干干净净，连花枝都是干燥的，没有水迹。

"所以，我说是天意呢！"见孙尚香若有所思，鲁肃又赶紧补了句，"公瑾的死纯粹是意外。"

后来，鲁肃又把刘备给东吴所做的补偿告诉了孙尚香，当然，他不会像在谈判桌上那样说，要为周瑜的死做补偿。鲁肃是说，刘备对周瑜的死也感到非常遗憾，为了表达歉意，也为了表明坦坦荡荡的心迹，他把荆州南部的两个郡给了东吴。

"你知道刘备为什么出手这么大方吗？"没等孙尚香发问，鲁肃就自问自答，"那还不是他在乎郡主你嘛！"

"这是真的吗？"孙尚香不敢相信地问。

"这可不是儿戏，老臣不敢糊弄郡主。"

"如此，我便放心了，我就怕两家交恶。"孙尚香也说出自己内心的担忧。

"不会的，郡主就踏踏实实把心放在肚子里好了，切莫再和自己的相公赌气。"

孙尚香羞涩地笑了，经过这一番开导，孙尚香的心里包袱去掉了，觉得自己是误会了刘备，发誓以后再也不和刘备耍脾气。就在这时，刘备出现了，就听他幽默地说："古话道老乡见老乡，两眼泪汪汪，你们两人怎么反倒笑了呢！"

"那是托主公的福！"鲁肃机智地回说。

"夫君。"孙尚香主动上去，挽住刘备的手臂，一声夫君，叫得刘备骨头发酥。

"很久没有看到夫人这般温柔了，子敬啊，这是托你的福，以后你常来。"一番话说得鲁肃哈哈大笑，孙尚香则越发羞涩。

这时，有丫鬟过来，说宴席已摆好。

"请吧！我们边吃边聊。"刘备请鲁肃走前面，有丫鬟带路，他挽着夫人走在后面。席间其乐融融。席散，送鲁肃走时，在过道上遇到了吴管家，刘备露出了一丝不易察觉的不悦，这一点鲁肃没有注意到，但细心的孙尚香看到了。

第五十二章 遣返管家

鲁肃走后不久,孙尚香主动约吴管家在园子里见面。吴管家已知道鲁肃过来修复了孙刘两家的关系。主仆二人寒暄两句后,孙尚香问吴管家是否想家?

"我哪有什么家,郡主在哪,我的家就在哪。"吴管家说。

"那如果我要你回东吴呢?"

"为什么?"吴管家有些不明白。

"不为什么,我就是想让你回去。"孙尚香态度坚决。

"我知道,孙刘两家现在又和好如初了,一定是刘备嫌我在他面前碍事。"

"你不要乱想,是我觉得你没有必要陪我背井离乡。"

"可是,我是奉命来伺候郡主的。"

"你回去就和我哥哥说,是我硬要你回去的,如果要怪罪,就让他怪罪我好了。我想清净,不想被打扰。"

孙尚香已经这样说了,吴管家哪能再留下,于是,不无难过地说:"那好吧!自然郡主不需要我。"

"你这就回去收拾一下出发吧,把手头的事交给小泽打理。"孙尚香坐在山石上，摆出一副决然的样子，其实她心里充满不舍，毕竟吴管家对她是关怀备至、尽心尽责的。

"郡主多保重。"吴管家趴到地上给孙尚香磕了一个头，起来时问孙尚香有无书信要带给吴国太。

"你就对我母亲说，我很好，要她不要挂念。另外，带两个口齿伶俐的丫鬟回去给我母亲。"说完，孙尚香就背转身，看向别处。

"那老奴走了，郡主多保重。"话毕，吴管家依依不舍地离开了孙尚香。

不多一会儿，吴管家就挑选好丫鬟，并和小泽做了交接。孙尚香目送他们走向码头，正巧有商船要去柴桑，吴管家就搭乘到柴桑的船。在柴桑，他见到了陆逊，便把孙尚香的近况说了一番。

"真是怪了，就鲁肃去见了郡主一面，郡主就把我赶回东吴了，你说鲁肃会不会吃里爬外啊？"

"不会的，要不然，大都督周瑜不可能让鲁肃接替他的工作。"陆逊对吴管家说。

"没有就好，这样下去，荆州早晚会被刘备霸占。"

"至少，他现在是割地赔偿了。"陆逊想：自己作为一个大将军，不能像没有名分的吴管家那样不克制自己的情绪。

"你不怕他是放长线钓大鱼？"吴管家不愧是孙权身边的管家，看事情看得远。陆逊打心底里佩服，当即就邀请吴管家做他的幕僚。"多谢抬举，我也是喉有骨鲠，遇见知音，不吐不快。以后，如用得着，再来将军麾下效力不迟，今日还要赶回去复命。"吴管家说。

两人吃完一壶酒，陆逊派船只送吴管家回京口。见过孙权，吴管家如此这般一说，孙权也没责怪他。随后，吴管家陪孙权去看望吴国太，吴国太问他从荆州女儿那里回来，有没有替她带回女儿的只字片言。吴管家回说没有。

"你真是太不称职了。"吴国太指着他数落。吴管家也不恼，笑着说："回禀国太，郡主说她很幸福，她要我转告国太，保重！勿念！"

"这死丫头，自己幸福了，倒不想母亲了，连一个字都怕写，她不知道她的母亲想她啊！"吴国太又转变话锋，开始责怪女儿。这时，孙权就插话，故意说：

"娘，是您让妹妹嫁那么远的。"

"我知道她会跑到荆州？还不是被你们气跑的。"吴国太指指孙权又指指吴管家。

"你看，年纪大了就是这样。"孙权摊开双手，一副任凭挨骂的表情。

"你娘我还没到七老八十！"

孙权和吴管家只得赔着笑脸，不再说话。老人家自说自话了几句，终觉无趣，也就打住了。旁边丫鬟插嘴道："国太早上起来就念叨女儿了。"

"娘，您也别太念叨了，妹妹虽没有书信来，却给您带来了她身边的两个丫鬟。"说着，孙权就叫两个丫鬟进来拜见吴国太。吴国太就像看到自己闺女似的，紧紧拉着两个丫鬟的手，问这问那。

"小姐好得很。"两个丫鬟异口同声地说。

"这我就放心了。"吴国太眉开眼笑。

第五十三章 抚养阿斗

打发走吴管家,孙尚香主要是从刘备的角度考虑,她思前想后,发现刘备是不喜欢吴管家的。自从他上次私自到荆州城下划船,刘备就对吴管家有所防备了,这次,他们夫妻之间又闹不愉快,刘备一定会把怨气积在吴管家身上,如果再留用吴管家,只会给他们的夫妻感情添堵。好不容易解开了心结,孙尚香不想再被是是非非困扰,她想过一种清净的日子,内心只装刘备。这天,她还亲自下厨,在厨师的帮助下,给刘备做了一桌菜。刘备知道饭菜是夫人做的以后,感动不已。"夫人是越来越贤惠了。我刘备何德何能,有劳夫人亲自下厨。""妻子为丈夫下厨是应该的。"孙尚香一边敬刘备酒,一边说。酒过半巡,刘备突然问起了吴管家,因为刚进家门时,门卫向他报告,说吴管家被夫人打发走了。

"我打发他回东吴了。"孙尚香给刘备吃了颗定心丸。

听到这话,刘备内心是高兴的,但是没有表露出来,反而假意猜测道:"是他惹夫人生气了?不会啊,他那么小心谨慎。"

"因为我发现你讨厌他。"孙尚香直接把话点破。

"这,夫人你就冤枉了我。"刘备是得了便宜又卖乖。

"对不起，是我冤枉了你，自罚一杯。"孙尚香今天是诚心要把以往的一切疙瘩抛开，她脖子一仰，一杯酒下了肚。

"夫人真是女中豪杰。"刘备也陪饮一杯。就这样，夫妻二人你一杯我一杯，只喝得孙尚香微微醉。

"夫君，我要你天天陪我。"

"傻夫人，我不陪你，陪谁啊？"

孙尚香感觉自己的心和刘备的心交融在了一起。

第二天，中午时分，刘备回来了，这是很难得的，到荆州这么久，还没见过刘备特地中午跑回来陪夫人，而且更为惊喜的是刘备还带回了儿子阿斗。阿斗是刘备和甘夫人生的，甘夫人死于荆州战乱，阿斗就由奶娘带着。孙尚香住进城堡时，阿斗随奶娘住在荆州公馆，并没有跟过来。孙尚香几次想回荆州公馆看阿斗，都因刘备工作忙而耽搁。因为郡主城堡与荆州城隔着一条内江，要有官船才能通行，孙尚香又不便擅自出行，看阿斗的事只能一拖再拖。没想到今天刘备把阿斗特地带来了，且对孙尚香说："夫人若不嫌弃的话，阿斗就是夫人的亲儿子，以后就跟夫人过。"

"这是真的吗？夫君愿把阿斗留在我身边！"孙尚香不敢相信自己的耳朵。

"君无戏言。"刘备说着，抱过阿斗，放到孙尚香腿上，并示意奶娘离开。孙尚香开心地哄抱阿斗，阿斗的小头不停地转动着四处寻找奶娘，眼看就要哭起来。孙尚香赶紧叫丫鬟把拨浪鼓拿过来，这是她之前为阿斗准备的。孙尚香一边摇动拨浪鼓，一边逗阿斗，阿斗咯咯咯地笑出声，不再找奶娘。

"阿斗，真乖。"孙尚香用手指轻弹阿斗的小脸，刘备则看着孙尚香,这幅其乐融融的画面,叫人生出无限羡慕。

阿斗被丫鬟抱到一边去玩了,孙尚香的目光还追随着阿斗,冲丫鬟们喊:"小红、小云,你们两个当心点,别磕碰了孩子。"

想不到性格大大咧咧的孙尚香对孩子是这般细心,刘备越看夫人越喜欢,忍不住附在孙尚香的耳边说:"夫人,你知道你现在有多美吗?"孙尚香以为刘备是说笑,但刘备却起身拿来镜子,要孙尚香看镜子里的自己,

"看到没有,你少女粉嫩的脸上多了一层母性的光芒,这种美简直是美得叫人心醉。"

孙尚香甜蜜一笑,脸上又多了一层羞涩。

大丈夫除了儿女私情,更多的是要建功立业,不久,刘备就因公事繁忙,不能回家陪孙尚香了,他甚至夜里都难得回家。刘备说,因为工作实在忙,倒在桌上就能睡着。

"能不能减少点工作?"孙尚香说,"太过劳累,对身体不好。"刘备回说:他也想减少点工作,但他必须抓紧时间闯出一番天地。又说,现在正处在立业的初级阶段,千头万绪等他理顺。于是,孙尚香表示理解,让刘备在屋子里放张床,累了就躺到床上休息,不要趴在桌上,那样会着凉,还会休息不好。

就这样,刘备在外面为开疆拓土做准备,孙尚香在城堡内照看阿斗,难得刘备过来看望她,她也就知足了。

第五十四章 攻打合肥

日子过得很快，不觉就过了一年。因为，没有战事，这一年，东吴是个丰收年，看着满仓的粮食和膘肥的牛马，孙权就想趁着丰收年和孙刘联姻的大好时机，去攻打合肥。合肥是曹操的地盘，也是妨碍东吴西进北出、问鼎中原的障碍。它与东吴隔江而立，它的存在对东吴而言，是眼中钉、肉中刺，孙权多次想攻打它，多因时机不成熟，不得不放弃。现在终于迎来了最好时机，于是，他一面修书给刘备，要他从荆州出兵，与吴军两面夹击，一举消灭曹军；一面亲率大军，从京口出发。就见浩浩荡荡的战船，沿着长江逆流而上，一路经过建业、马鞍山、芜湖，到安徽的濡须口渡过巢湖，在逍遥津登陆，很快就到了合肥城下安营扎寨。

此时，曹操正带军在汉中作战，合肥太守蒋济见东吴军队浩浩荡荡开来，便和守城将领张辽商议，紧急修书三封，让手下骑战马火速传送。一封向远在汉中的曹操告急，两封分别向镇守寿春的李典和镇守扬州的乐进求救，同时下令紧闭城门，放言城中除了太守外并无其他守城将领。孙权也不急于攻城，传令把城围住，明日等刘备援兵赶到，兵分四路，三路攻城，留一路在通江西口守株待兔，到时曹军自会兵败城破。

　　但是，等了三天，并没见刘备的援军。这天半夜里，军营外突然火把四起，深藏在城中的张辽率领士兵从城内冲杀出来，高喊"捉拿孙权"。危急中，偏将军陈武组织士兵上前抵挡，大将潘璋保护孙权撤出营地，退守到一个山坡。以山坡为屏障，刚喘过一口气，就听四周传来喊声："援军已到！"再看有黑压压的人群朝这边涌来，孙权大喜，以为是刘备的援军到了。可没等他喊出"杀进城池，活捉张辽和蒋济"的命令，就有吴兵慌张张来报："不好了，吴侯，到处是曹营的援军。"孙权吓得面如土色。原来，曹操出征汉中时，特地留下张辽配合蒋济守城，但对外却是大张旗鼓，放出将领们（包括张辽）已随曹操出征的风声。另外，曹操还安排了李典和乐进，分别镇守寿春和扬州，以策应合肥的防守。曹操临行前叮嘱二位："一旦合肥告急，哪怕输掉寿春和扬州也要去救，决不能唇亡齿寒。"同时，又特地嘱咐张辽，不可轻举妄动，一旦有事，要迅速求援，合力打击。因此，孙权率军兵临城下时，张辽早已借蒋济的手笔派出求援的信使，同时自己继续隐藏在城内，算准时机，给孙权来个突然袭击。

　　三股力量合在一起，吴军怎能抵挡！交战中陈武被张辽斩杀。孙权的战马被射伤，孙权从马上跌落。潘璋已抵挡不住，张辽的大喝声再次逼近："孙权小儿，看你往哪里跑！"

　　话音未落，又一护卫中箭身亡。护卫将领贾化使一杆方天画戟，保护着孙权，但是没走几步，贾化也中了张辽的箭，当场毙命。孙权的心脏快要吓飞，连呼："吾命休矣！"就在这时，幸得吕蒙和陆逊带着士兵赶来接应。吕蒙镇守陆口，几天下来，未见刘备派兵东进来配合孙权攻打合肥，他担心孙权的安危，于是抽调部分防卫士兵，带着陆逊和几位得力干将赶来接应，远远就听到岸上的喊杀声，顾不得船靠岸，吕蒙就带领将士们跳上江滩，急速赶来，凭刀剑说话。

同样善使一杆方天画戟的宋谦接替了贾化，架着孙权往后撤，被打散的卫兵也都奋不顾身地靠拢来；陆逊助阵潘璋，和将士们筑成人墙，手持长戟挡在张辽和曹军的面前。张辽正追得起兴，不料东吴凭空多了人马，有箭直朝他射来。他挡开箭的同时，看到了威风凛凛、身披铠甲骑在大白马上的吕蒙，于是，也放箭过来。吕蒙毫不犹豫就把飞来的箭挑开，同时，连发三支箭，箭箭直指张辽的要害。张辽也不是吃素的，一个飞跳化解了危险。这边，陆逊对阵李典，潘璋对阵乐进，也展开激战，刀枪相见，打个平手，互相不能取胜。吕蒙一边收罗士兵，一边有序后撤。张辽不敢贸然跟进，怕遭吴军埋伏。

孙权在众卫兵的保护下，慌张张撤到了离渡口三里处，被巢湖的一条支流挡住。支流上原本是有木桥的，被张辽派出的士兵给悄悄拆了，断桥有三丈宽。望着波涛翻滚的江水，孙权的腿脚打晃，宋谦为孙权牵来一匹战马，扶孙权坐上去，要他放开缰绳，脸朝马尾，背对波涛，然后出其不意，用鞭子使劲抽了一下马肚子。战马腾空而起，把孙权带到了河对岸。最后他被吕蒙安排在江边的东吴军接到船上，悻悻而回。

很快,吕蒙率军也撤退到江边,吴军互为掩护,有序登船。张辽率军追到江口,见孙权已败走,也就不再冒死追击。

到京口,鲁肃率官员前来迎接,孙权一见鲁肃就大骂:"都是你结的这门好亲,连个影子也没见!"

第五十五章 扬鞭益州

　　孙权送信给刘备约定攻打合肥时，刘备正在做西征益州的准备。诸葛亮对刘备说："西征已耽搁了一年，大丈夫要取功名，就不能再耽搁下去了。曹军已逼近汉中，一旦他们在汉中站稳脚跟，我们再想取益州就难了，不如乘曹操立足未稳，我们把益州妥妥地收入囊中。"

　　诸葛亮说的正是刘备想做的，可是东吴约定攻打合肥，兵力又不能分散，这如何是好？刘备问诸葛亮。诸葛亮说："这不难，我们可以叫益州牧刘璋出兵。"正巧，刘璋听说曹操派兵到汉中征讨张鲁，心中恐惧，害怕曹操灭了张鲁后再灭他，就派人前来请刘备。

　　刘璋是汉室宗亲，性格软弱，他的职位是世袭的。而益州又是天府之国，人人觊觎。之前周瑜就曾要发兵益州，那会儿，刘璋正遭遇邻居张鲁的侵扰，周瑜认为这是攻占益州、兼并张鲁，逐鹿中原、图谋北方的最佳时机。于是，他不辞辛苦亲自从江夏跑到京口面见孙权，陈述自己的想法，并得到了孙权的认可。只可惜天不假年，周瑜最后病死在路上，使东吴被迫放弃了益州这块肥肉。

不久，曹操统一北方，刘璋派亲信张松前去祝贺。曹操加封刘璋为振威将军，要他继续做益州牧，封其兄刘瑁为平寇将军，但对别驾从事张松，曹操态度轻慢，没有按礼节接待。张松因此怀恨在心，多次劝说刘璋同曹操断绝关系。此番曹操出征汉中，张松更是不停地在刘璋耳边鼓噪，说曹操一旦灭了张鲁就会来灭他，要他赶紧和刘备结盟。

张松对刘璋说："主公姓刘，刘豫州也姓刘，同为汉室宗亲，有刘豫州相助，最为稳妥。"

刘璋想想也是：危难时刻，只有兄弟会鼎力相助。于是，听信了张松的话，派军议校尉法正去荆州请刘备，前来共同防守。刘璋不知刘备已动了亡他之心。

在法正的引路下，很快刘备就率军从荆州赶到了涪城（今四川三台西北）。刘璋得知后便要亲自去迎接刘备。主簿黄权苦苦劝阻，说刘备名声骁勇，此番去，若以部下的身份对待他，就没法满足他的心愿；要是以宾客的身份对待他，一国不容二主。刘璋不以为然，见黄权抱着他的腿不放，便将黄权推倒在地，随张松走到城门边，又遇从事王累将自己倒吊在城门上。

"这又何苦？我只是去见我的宗兄，更何况还是在我自己的地盘上。"

"主公，就怕你把刘豫州当兄，他未必把你当弟，请主公三思，不要受小人蛊惑，引狼入室。"

"休得放肆。"刘璋不以为然，继续往城门走。

"主公此去，益州危已，恕王累以死相谏。"话毕，王累自割吊绳，摔死在城门下。

"真是固执！"刘璋叹息一声，一面传令厚葬王累，一面随张松出城。见到刘备后，二人称兄道弟，甚是欣慰。刘备提出帮刘璋去镇守竹峪关，以挡北方曹贼来袭，刘璋感激涕零，当即就和刘备驾车同到巴中。巴中是益州的北方城市，竹峪关是它的门户——汉中来敌进蜀的必经之路，由刘备带兵镇守，在刘璋看来，益州可以高枕无忧。但是卧榻之侧，岂容他人酣睡！刘璋却是忽略了这点，因为巴中正紧邻益州治所——蜀郡的成都。

第五十六章 将计就计

一日，刘璋派亲信张松代自己前去慰问刘备。知道张松来慰问，刘备和诸葛亮带领随从到营帐外迎接，相互寒暄后，进营帐说话。刘备恭恭敬敬请张松坐上座，张松何曾被这般尊重过，他当即表示，愿为刘备效命。经过几番试探后，刘备对张松说："不瞒张别驾，若不是您出面邀我们来结盟，我们真不会动身前来，因为实在是抽不出兵力。"

"耳闻刘豫州兵强马壮，手下将士林立，难道这都是虚的。"张松趾高气扬。

"兵强马壮不假，但又怎经得起几处分兵？"说话间，刘备就把孙权约他去围攻合肥的事说了，最后感慨道："眼下我们正缺兵马。"没等张松接话，诸葛亮就抢先道："曹操一时也攻不下汉中，打益州更不是眼前事，不如请张别驾回去，多方美言，让刘璋借三万兵马给我们，允我们和东吴联手收复合肥后，再来坚守益州，您看可好？"

张松听得心痒痒的，没想到自己动动嘴皮就能参与合肥之战，端了曹贼的后方重城。于是，当即就表示，愿意回去劝说刘璋，建立盖世之功。

刘璋听张松回来这么天花乱醉地一说，有些动摇了，但主簿黄权坚决不同意,说刘备是有意在削弱他们的兵力,哪有请他来防守,他出工不出力,反而要借我们的兵力去为他效命的道理。黄权建议刘璋立即请刘备离开,以免引狼入室。刘璋犹豫不决。

张松见刘璋不能决断,就悄悄跑去向刘备汇报。于是,刘备和诸葛亮就决定以刘璋不肯借兵为由,攻打益州。他们要张松做内应,并许诺攻下益州后,由张松做益州牧。当晚以放宫灯为信号,宫灯升起,张松就在里面打开城门,到时刘备只管带领士兵往里冲。

世事难料,就在张松点亮宫灯,准备放飞天空时,被他的哥哥发现了。张松的哥哥张肃知道张松在做一件冒险事,因之前,张松曾旁敲侧击地暗示过哥哥,他要哥哥和他一起谋事,但哥哥害怕牵连家人,就拒绝了,还劝他放手,没想到张松一意孤行。事关城池存亡,张肃一边故意把宫灯剪坏以牵制弟弟,一边派人前去禀告刘璋。刘璋得到消息后,立即派兵前来,砍下了张松的脑袋,然后,听从主簿黄权的建议:将计就计。当晚,在城墙上埋伏了成千上万的兵力,当三盏点燃的宫灯从城墙内飘荡荡升上天空时,那闪亮的火苗就成了信号。潜伏在外围的刘备看到后,便带领将士们趁着夜色往城里冲杀,但是城门紧闭,迎接他们的是多如雨点的箭镞。军师庞统连忙叫刘备下令:停止前进,向后撤退。可是,为时已晚,就见火光冲天中,刘璋的军队骑着战马、高举火把从里面冲杀出来,打得刘备措手不及,部队溃不成军。等刘备回过神来收罗部队,准备回身迎战时,平寇将军刘璝已命令士兵退守城中。这一战中,刘备损失了军师庞统,他是被乱箭射死的,刘备悲痛不已,发誓不灭刘璋,誓不为人。

第五十七章 难舍难分

刘备正在为争夺益州而战,哪顾得上孙权这头。当孙权得知刘备已不声不响去抢夺益州时,气得暴跳如雷,直骂刘备是"奸诈小人"。

益州本是应该归属他孙权的,去年东吴军去取益州,想借道荆州,刘备推三阻四,硬是没让东吴军过,原来他是早有预谋,害孙权平白无故失去了大都督周瑜,今日又白白失去了几位爱将和亲信,还担惊受怕差点丢了性命!孙权越想越生气。但是,大将军如果光生气,就是莽夫了,得想办法制约住敌人。

"决不能等刘备壮大后,来反咬自己。"孙权把拳头猛力打在桌上,震得茶杯从桌上滚落在地。他又想到了荆州:是有荆州这块跳板,刘备才能轻易地出征益州;也是荆州束缚住了东吴的手脚。得断掉他的后路,展开自己的手脚。愤怒中的孙权,脑袋飞快地旋转,最后他想到了妹妹孙尚香。

"来人。"孙权喊了一声,吴管家应声而到。

"荆州,你是熟门熟路,你带两个水兵去那儿,把我妹妹接回来,就说我母亲病危,想见她。"

"遵命。"吴管家领命而去。他到江边军营向陆逊要了两名精干水兵。东吴又招募了一些新兵,把新兵集中在大后方训练,不容易被敌人察觉。吴管家没有向陆逊透露去荆州接郡主,只说需要两个精干水兵帮忙去运送一批物资。陆逊也不多问,就挑了两个最好的水兵给吴管家。吴管家带着水兵,立即就出发了。

自从刘备西征后,孙尚香带着阿斗倒也不觉寂寞,她时常想起刘备出征前对她说的话。刘备对她说,他不能再在荆州一带转悠了,他要带领士兵去远方开疆拓土。因为是军旅生活,不便带着她和阿斗,但他已托付赵云在家照顾她们母子,她要有什么需要,尽管和赵云说。孙尚香也知道阿斗是赵云在千军万马中救下的。那是三年前,曹操带着几百万将士南征荆州,当时只有三千军马的刘备只好带着百姓退避江陵,走到长坂坡时,部队被曹军追上。一时间人马被冲散,负责保护家眷的赵云发现甘夫人和阿斗不见了,顾不得多想,就催动战马,挥舞长枪,像雷电似的朝曹军阵地冲杀过去,一边冲杀,一边寻找,终于在一堵倒塌的墙角下找到了受伤的甘夫人。她瑟瑟发抖地怀抱着儿子阿斗。赵云翻身下马,要带甘夫人和阿斗走。这时,周围的曹军比蝼蚁还多,正密集地朝赵云合围过来,已不足十步。

"拜托了,赵将军,我把阿斗交给你。"甘夫人说着,就把阿斗塞进赵云怀里。甘夫人是刘备的爱妾,和刘备可以说是青梅竹马,但身处战乱中的刘备此刻也顾不到她,小阿斗未满周岁,还不会说话,只会哇哇啼哭。

"夫人——"赵云把手伸向甘夫人,想拉她上马。

"快走，带他去找主公。"甘夫人没有把手递给赵云，她朝赵云摆了摆手，然后，以迅雷不及掩耳之势，奔向墙边的一口水井。等赵云反应过来，甘夫人已跳到井里。

"夫人——"赵云哽咽着喊，他知道甘夫人是以死来保护儿子阿斗周全，他赵云决不能辜负甘夫人这份壮烈，这份慈母之心。

阿斗并不清楚他的母亲已死，还以为母亲在和他玩捉迷藏呢！他已停止哭闹，小眼睛在滴溜溜地寻找着。赵云把阿斗又往怀里揣了揣，确定他在护胸铜镜内不会掉下后，便翻身跃到马上，调转马头，挺起一杆银枪，宛如一尊威严的战神，朝合围而来的曹军刺杀。曹军死的死伤的伤，大将夏侯恩仗着手头有曹操的青釭剑就冒死过来，仅两个回合就被赵云斩落马下，夺得青釭宝剑。有宝剑助威，赵云的砍杀就如同削瓜切菜。曹操手下的勇将张郃来挡，也被赵云奋不顾身的气势所惊退。就这样，赵云硬是在百万曹军中救出了阿斗。现在刘备把赵云留下来照顾孙尚香和阿斗，可见对她们母子的重视。

"等我在四川站稳脚跟后，一定派人来接你们母子去好好享福。"刘备向孙尚香许诺。

"我等着那一天，"孙尚香含情脉脉地回说，"但我更希望夫君平平安安。答应我，照顾好自己。"

刘备把孙尚香搂在怀里，久久不愿松开。直到门口的战马嘶鸣，刘备才不忍别离地转身而去。

第五十八章 含泪回东吴

算起来，刘备出征已半年有余，孙尚香独坐窗前，把着手指。丫鬟小红过来禀告，说吴管家来了。见孙尚香走神没有听见，小红又说了一遍："小姐，吴管家来了，说有急事要禀报小姐。"

"急事！"孙尚香吃了一惊，心想：不会是又来借道吧？不对，借道不可能派吴管家来。那是不是母亲又病了？孙尚香不敢多想，让丫鬟赶紧请吴管家进来说话。

吴管家一见到孙尚香就哽咽着喊了声："郡主。"

"你怎么来了？"孙尚香问。

"是吴侯派我来的，国太得了重病，快不行了。"说着，吴管家就流下了泪。

听到母亲病重的消息，孙尚香的汗毛直竖，腿脚也跟着打晃，因为早在一个月前，母亲把孙尚香给她的两个女婢又送了回来。两个女婢对孙尚香说，吴国太因为思念女儿，已思念成疾。听得孙尚香心如刀绞，眼泪扑簌簌地落。丫鬟们也在旁陪着流泪。

考虑到带阿斗出门不便，孙尚香就思量着等刘备回来，找时间回去探望母亲。没想到，却传来母亲病危的消息。孙尚香顾不得多想，立马吩咐丫鬟收拾行李，回东吴探母。同时，含泪给刘备写了一封书信，叮嘱李管家给刘备送去。

丢下阿斗，孙尚香不放心，因为孩子这么小是需要母亲呵护的，阿斗虽不是她亲生的，但两年的日夜照看，她把阿斗看得比亲生的还亲，哪舍得把他留下不管！信上已和刘备说明，她去东吴看望母亲，少则一两个月，多则半年，一旦母亲病情转稳，她便即刻返回荆州。孙尚香把阿斗抱在怀里，坐上轿，由仆人抬着匆匆往江边赶。这时，东吴派来的船只已等候在那里，孙尚香一上船，吴管家就示意水手把船帆撑开。船在水面荡起一圈涟漪后，离开水岸。这时，就听后面马蹄声声、人声鼎沸，然后尘土飞扬，有人骑着战马追了过来。骑在最前面的是赵云，就听他高声大喊："留下少主。"

这怎么成？孩子需要母亲，哪能交给一群武士呢！孙尚香立即把阿斗交给小红，并对小云说："拿箭来。"

说时迟，那时快，就见孙尚香从小云手里接过弓箭，瞄准了赵云的马，又从赵云的马头指向了赵云。大家都以为孙尚香的箭是射向赵云的，赵云也感到有箭直逼马头朝他射来，因为追赶得急，赵云有点来不及回让，不由得在心里惊呼："不好！"

但是，箭偏离了他，似乎是故意偏离他的，就听"嗖"的一声，箭不偏不倚，射在了路边一棵小树的树干上。赵云勒马过去，就见箭头上有张纸片，写着一行字：母病重，回吴探母!

这本是孙尚香临走前想对赵云说的话,因为赶上赵云外出有事,不在府邸。当时,孙尚香犹豫着想派个丫鬟去把赵云找来,知会一声,但立即就被吴管家劝阻了。吴管家满面愁容地对她说:"郡主,不能等了,时间就是生命!何况你已派人给主公送了信。"

话是不错,但孙尚香还是给赵云留了张纸条,只是临出门,想想不妥,又揣进了衣兜。没想到赵云追来了,情急下,孙尚香只有用箭射给他,她多么希望赵云看到纸条后,能勒住马缰,目送她带着儿子阿斗回东吴探母。

母亲生病了,回去探望是人之常情,赵云不好干涉,但是不能带走少主,因为刘备出征前是把孙尚香和少主托付给他的。于是,赵云又一边追赶,一边高声大喊:"停船。留下少主。"

手下那些追赶的士兵也跟着一起喊:"停船。"

船夫有点犹豫,看看吴管家,又看看孙尚香。吴管家想代郡主发话,但焦急万分的孙尚香没给他这个机会。"别管他,开你的船。"孙尚香对船夫说。于是,船夫拨正了方向,桨篙齐发,船像离弦之箭,朝东吴方向前行。与其同时,赵云追赶的兵马也到了岸边,没等孙尚香松口气,赵云就带领士兵纷纷跳下了水,朝船游来。眼看就要游到船边,护送孙尚香的侍从们不得不掏出弓箭,朝那些士兵射去。追赶的士兵不敢乱射,怕误伤了孙尚香和阿斗,他们便潜入水底,朝船游来,等靠近,则拖着船使劲往岸边拽。吴管家带领孙尚香的侍从在水浪里劈杀,两个水兵拼命划桨,有士兵受了伤,鲜血殷红了水面。

"快开船。"孙尚香对船夫喊,她不想看到无辜者流血。但此时,有人已从船底爬了上来,把刀架到了船夫的脖子上,此人就是赵云,他命令船夫:"调转船头。"

"赵将军凭什么阻拦?"孙尚香怒目圆睁。

"夫人回去,我不拦,但是您不能带走少主。"

"一个母亲带走她的孩子,有错吗?"

赵云被孙尚香问得哑口无言,最后说:"至少,容臣禀告主公后再走不迟。"

"主公那儿,我已给他写了信,相信你家主公也会同意我的决定。"见孙尚香说的在理,赵云倒觉得自己有些鲁莽了。正在犹豫之时,就见张飞骑着战马腾空而来,以劲风扫落叶之势,从孙尚香手里一把夺过阿斗,说道:"这是俺哥哥的孩子,休想带走。"说完,抱起孩子,跃上战马,又腾空而去。

弓箭手要放箭,被孙尚香制止了。

"如果伤到阿斗,那真是我的罪过。"孙尚香望着阿斗被抱走的背影,不舍地说。

"夫人一路保重。"赵云说完,也收起宝刀,涉水而去。船夫长吁一口气,船在水中打了个转,然后,继续朝东吴方向开去。

回到东吴,孙尚香发现母亲并没有生病,是哥哥谎称母亲病重,骗她回来的。

"我好好地待在荆州,二哥为什么要骗我回来?"孙尚香朝孙权发脾气。

"是我让你哥哥这么说的。"吴国太替孙权解围。

"为什么？"

"快三年了，还不允许妈妈想你啊。"

"可是，也不能说你病危啊！害女儿担心。"

"现在不用担心了，你娘我好好的。"吴国太高兴地说。她是太想女儿了，知道孙权要把妹妹骗回来的消息后，对孙权并无半点责备，反而一直巴望在门口，问孙权，他妹妹什么时候到家。

"娘——"孙尚香扑到母亲怀里，大哭起来，想着路上的委屈，越哭越伤心。

"好了，好了，我的宝贝女儿，娘知道你想我，我也无时不在想你。"母女二人搂抱在一起，哭得一塌糊涂，分不清是高兴，还是悲伤。最后，吴国太对女儿说，这次回家要都多住些日子，住到刘备来接她，还要和姑爷约法三章，要他每年陪孙尚香到东吴住一个月。孙尚香含泪点头，但是她没有等到刘备来接。因为很快就有消息传来，说刘备入川得胜而归时，在益州治所成都娶了一位新太太。消息是孙权直接透露给她的，但孙尚香说什么也不相信。

"你可以不相信，但这是事实。"孙权对妹妹说。

"送我回荆州，我要去找刘备。"

"你是我妹妹，我不会让你回去受辱。"

"你把我骗回来，不就是想要荆州吗？"孙尚香突然把压在心底的怨恨喊了出来。

"没错，我不想因为荆州，把自己的妹妹留在人家手里做人质。"

"我愿意做人质,你派人把我送回去。"孙尚香哭着说。

"不识好人心。"孙权拂袖而去,并叮嘱手下,看好郡主。

从此,孙尚香每到一处,都有吴侯派的士兵在不远处盯梢。他们得到的命令是:北固山任由郡主玩耍,但决不能下山到渡口。

第五十九章 得胜回荆州

刘备取益州得胜后，身边是多了一位女子，那是法正进献的。刘备能顺利收复益州，法正是功不可没的。法正原是刘璋的得力干将，就是他去荆州请刘备一行来帮刘璋共守益州的。在张松被刘璋处死后不久，法正也起了背叛刘璋之心，因为他觉得刘璋性格懦弱，不是做大事的人，益州不被刘备鲸吞，早晚也会被曹操所灭。把曹操和刘备放在一起比，法正觉得刘备是仁君，于是，他就有心帮刘备成大事。有天，机会来了，刘璋要法正领兵出城和刘备作战，法正趁势就秘密会见了刘备，表露了归顺之心，同时商定了攻城之策。因此双方再战时，法正这边的军队佯攻，刘备带军队佯败，从日出打到日落，打得刘备军队丢盔弃甲，法正领着军队凯旋。但就在刘璋给法正接风庆功时，法正的军队发生了兵变，同时城门大开，迎接刘备的军队入城。主簿黄权挥刀去砍法正，被带兵蜂拥而至的刘备擒住；刘璋直呼自己是引狼入室，悔当初没听黄权和王累的劝，但为时已晚。法正自感心中有愧，请求刘备饶刘璋不死。刘备念同宗之情，非但留了刘璋一命，还保全了刘璋的家族。

法正觉得自己选对了人，于是，就把刘瑁的遗孀吴夫人献给了刘备。刘瑁是刘璋的哥哥，已病故，而他的夫人天生富贵之相，蜀地人人皆知，早年就有善于相面的说过："此女必当大贵，且贵不可言。"

试想谁会拒绝富贵呢！虽然她暂时守寡，但容貌俱佳。刘备看了一眼女子后，没敢动心。他想到了自己出征前对孙尚香的许诺，于是，把女子安排在驿站后，便兴冲冲回荆州接孙尚香和阿斗来了。

刘备打消了派手下去接的念头，是为给夫人一个惊喜。这期间，也没给家里传话，他设想着见面的美好场景：孙尚香牵着阿斗的手欢快地朝他奔来。

但是，还没进门，他就听见阿斗在哭，再一问，孙夫人已走。

"哥哥，你可回来了，今天幸亏我赶早一步，要不然你就见不到阿斗了。"张飞咋咋呼呼地说。

"发生什么了？"

"孙夫人要把阿斗带走，被我拦下了。"

"啊——"刘备感觉当头挨了一棒。正在这时，李管家匆匆赶来把孙尚香写的书信交给刘备。李管家本是要将信送往益州的，赶到驿站得知刘备已回荆州，于是又掉头往回赶。看过书信，刘备知道了孙尚香回去的缘由，便对张飞说："你这样，可不是伤了夫人的心。""大哥怪我，要不，我这就把阿斗送到东吴去。"张飞倔脾气上来，有点六亲不认。

二人正僵持着，突然有人来报，说荆州外围水域发现有东吴士兵集结。

"我就说嘛！夫人带阿斗走是不怀好意。"张飞直炮似的说。说者无心，听者有意。刘备倒吸一口冷气，心想：多亏张飞粗中有细，抱回了阿斗，不然被夫人带到东吴，成了人质，那真是叫天不应，叫地不灵。夫人走了，一旦吴蜀开战，估计就回不来了，既然这样，不如把驿站里的那位女子迎进家门。刘备很快就回益州和那女子成了亲，这就是后来的吴夫人。虽然成了亲，刘备还是会想起孙夫人。起初想她时，还有一些柔情，后来就把她放在敌对的位置上来想了，因为孙夫人一回到东吴，孙权就往通向荆州的关口增派了兵力，刘备不得不怀疑孙夫人是孙权安插在他身边的眼线。

"好歹毒的女人，这么多年，我竟然没察觉到。她假惺惺地替我抚养阿斗，原来是想趁我不在家，把阿斗拐走，这不是动我刘家的根基嘛！"刘备越想越生气，于是和孙夫人三年来的种种恩爱全部抛到了脑后。他甚至想：当初孙夫人用身体为他挡箭，护他离开东吴，是想打入内部，里应外合。

可怜的孙尚香，对刘备的爱却没有一丝一毫的减弱。

第六十章 吴国太后悔

因为刘备入川的节节胜利，孙权明显感受到了压力，如果再不把荆州拿回，等刘备羽翼丰满后，东吴将无力和他抗衡。孙权如坐针毡，思来想去，为了确保东吴的安危，才把妹妹接回来。想到多年的心病就要去掉，孙权露出了满意的笑，他借为妹妹接风洗尘，宴请了东吴的许多名流才子，那意思明摆着：刘备不顾孙尚香的存在，又娶了老婆，那作为吴侯的妹妹孙尚香还怕找不到好男人！东吴有的是青年才俊，谁不巴望和吴侯孙权攀上亲，何况吴侯的妹妹又年轻貌美。孙权完全是替妹妹的终身幸福考虑，那些名流才子也很在意这个机会，在酒宴上竞相表现，又是吟诗，又是吹笛，又是弹琴，又是舞剑，但孙尚香一点也提不起精神，闷闷不乐喝了一杯酒，就借故头痛离开了。

第二天，陆逊上山来看孙尚香，他在见孙尚香前，特意去给吴国太请了安。吴国太对陆逊的到来很高兴，她要陆逊多开导开导自己女儿，说他们年龄相仿，之前又那么谈得来，女儿一定会听进他的劝。最后，老人家不无后悔地说，是自己看走了眼，害了女儿。

"是我对不起女儿，也对不起你！"吴国太动情地拉着陆逊的手，老泪纵横。她已得知刘备弃孙尚香不顾，另娶了一门亲。

"国太，您也别太自责，一切都可以从头再来。"

"但愿吧！"吴国太把另一只手又放到陆逊手上，老人家的意思已很明显，是希望把女儿托付给陆逊。

陆逊请吴国太放心，说他对孙尚香的爱没有丝毫改变，他会给孙尚香幸福的。

吴国太歉意地点点头，然后，示意丫鬟带陆逊去见孙尚香。

孙尚香因为思念刘备和阿斗，正面朝长江，坐在后山的礁石上。

"郡主，这儿风大，小心吹坏了身子。"陆逊毫不掩饰自己对孙尚香的爱，说话间就把自己的外套脱下，披到孙尚香身上。

孙尚香见是陆逊，就淡淡地说了句："你来啦！"

"昨晚见你无精打采，不放心，特地过来看看你。"昨日孙权给妹妹安排的相亲会上，陆逊也在场，他把爱藏在心里，静坐在一角，观察孙尚香。相亲会是孙权和他商议后举办的，意在要让孙尚香看到希望，不要在一棵树上吊死。因为除了刘备，东吴还有这么多青年才俊争着爱她。

"谢谢！"孙尚香客气地说了声，然后，就把视线移到江面上。

"我带你去山脚下走走怎么样？"陆逊说。

"不了，这儿挺好的。"孙尚香没有看陆逊，她的目光追逐着江水。

"他已结婚了,你干吗死心眼呢?"陆逊既心疼,又不解。

"如果,你也是来骗我的,就请回吧!"孙尚香冷冷地说道。

"郡主,你应该知道我对你的爱!"陆逊说出了憋在心里很久的话。孙尚香突然起身,对陆逊声嘶力竭地喊:"我只知道我的丈夫是刘备,刘备。"

陆逊被她的大喊吓住了,孙尚香自知失态,于是稍稍平复了一下心气后,生硬地说:"你走吧!不要来打扰我。"

"为什么你就不肯给我一次机会?"陆逊也失去了常态,冲孙尚香喊。

"只怪我们相遇都不是时候。"孙尚香叹息一声。

"现在已经没有障碍了,你娘已同意我爱你了。"陆逊急切地表白。

"可是,已经回不去了,我现在的心在荆州,如果你真爱我的话,就请帮我回到荆州,回到刘备身边。"孙尚香的话不亚于是刀子在扎陆逊的心。

"那个男人已经抛弃了你。"陆逊再次痛苦地提醒孙尚香。

"他不会的,他说过要接我和阿斗去享福的。阿斗,你知道吗?"停了一停,孙尚香又接着说,"那是我儿子,我已是有儿子的女人了,我不值得你爱。"

"我的爱不会因为你的任何经历而改变,让我们重新开始,好吗?"陆逊可怜地祈求,但孙尚香立即就打破了他的幻想。

"等来世我再报答你的爱,今生我只做刘备的妻子。"说完,孙尚香就决然离开,留下陆逊孤单单站在山风口,望着一江东去的长江水。

第六十一章 心在荆州

孙尚香一心想回荆州,除了给母亲请安,她大部分时间都是独坐在山石上,面对长江,思念刘备和阿斗。这期间,陆逊又来看过她几次,但孙尚香并没有露出半点心动。她对陆逊说,她的心早已远去,再也回不来,恳请陆逊找一个值得他爱的女人去爱。

"你就是我的最爱!"陆逊还是那么一往情深。

"求你了,别折磨我,我的心已承载不起太多的爱。"说着,孙尚香流下了泪。哽咽一番后,孙尚香说:"如果,你真爱我的话,就请送我回荆州吧。今生无缘,来世我再报答你。"

陆逊想上前扶住孙尚香,但是被她推开了。在不远处的丫鬟小红看到后,就过来对陆逊说:"陆将军,你还是请回吧,小姐累了。"

陆逊无奈下山,并暗暗发誓:等拿下荆州,再来求爱。

"小姐,回房吧,外面风大。"陆逊走后,丫鬟小红给孙尚香披上了一件带荷花图案、内有衬底绒的绸缎披风,这是孙尚香下山看中——和赵云争斗而不得的布料。没想到,它像长了脚似的,飞到了甘露寺。那日,她无意中去了尚衣房，简直不敢相信自己的眼睛，因为她在山下看到的绸缎全都整匹整匹的堆在那儿。

"这是怎么回事啊？"她和丫鬟都看傻了眼。

"小姐，你不知啊，这是刘相公送给你的见面礼。"尚衣房的老管家说。孙尚香当即就叫老管家给她裁段荷花绸缎，她本是想做条裙子的，后一想，还是做件披风好。剩下的，就赏给她的丫鬟和侍从们每人做了一件连衣裙，在夏天荷花盛开的时候，让她们穿着统一的服饰，亭亭玉立在荷花池边，那景色美得叫你分不清是花还是人。现在想来，仿佛就在昨天，只是如今，荷花已凋零。

"你说，我还能回到荆州吗？"孙尚香问小红。

"回去又能怎样呢，刘备已娶亲。"小红说。

"那又有什么，皇帝有七十二妃。"孙尚香说。

"小姐能这样想，奴婢我就放心了。"说着，小红就扶孙尚香回房，在梳妆台前坐下。小红替孙尚香整理被风吹乱的头发，孙尚香突然握住她的手问："小红，我待你如何？"

"小姐待我如再生父母。"小红回说，恨不得给孙尚香跪下。孙尚香见丫鬟说得这么真切，自己又是把她当亲姐妹一样看待，于是，就直接说出了盘旋在心里很久的打算："既然我们姐妹不分彼此，姐姐我就托你——明天找个时间，叫上小云，到山下，多花些钱，雇条船，我准备八月中秋，借月色朗照，返回荆州。"说完，孙尚香就起身，进房间抱出一只盒子，从里面拿出一袋钱，并附上一把金钗。她对丫鬟说，如果钱不够，就把金钗抵上，总之，一定要雇到船只。小红丫鬟含泪接过钱物，说她一定会帮小姐办妥此事。

第六十二章 花钱雇船工

第二天一早,小红叫上了小云,两个丫鬟借故要给小姐买胭脂香粉,下山到铁瓮城。她们在城里东找西找,终于找到了一位修理船只的老翁。小红走上去,问老翁修理船只做什么用。

老翁说捕鱼。小红又问,是不是在附近捕?

"在附近捕?"老翁看了看面前的两位姑娘,感觉她们有点不识人间烟火,于是,就笑着说,"在附近捕,那只有喝西北风了!"

"为什么?"小云抢着问。

"因为,附近没鱼啊,就是有鱼,也轮不到我这个老汉啊,早被年轻人捕走了。"

"那你是不是要到很远的地方?那样,不是很危险吗?"小红接着问。

"远怕什么,只要有鱼捕。不瞒两位姑娘,我是经常到夏口一带去捕鱼。"

"那你去过荆州吗?"小红又问。

"没去过,但我知道,出夏口不远就到了。"

听老翁这么说，小红暗暗窃喜，于是，她就问老翁，如果有人出钱雇他，不捕鱼，他愿意吗？

"姑娘说笑了，不捕鱼，我能做什么呢？"

小红觉得有戏，就把钱袋敞开，从钱袋里掏出一枚金五铢，放到老人手上。老人看着金灿灿的钱币，感觉眼睛都花了，揉了揉眼，再看。

"如果你用船送我们去荆州，这些钱币全是你的。"小红抖了抖钱袋。

"当真？"老翁激动起来，这是他一年也挣不到的钱啊。可他又怕有诈，天上掉馅饼的事怎么会落在他这个老汉身上呢！东吴水性好的年轻人有的是。

"为什么是我而不是别人呢？你们不怕老汉我力气不够。"老翁问。

"船上载的东西不多，就我们两个加我们小姐。"

老翁一听载小姐出航，心想：一定是私奔的，就不再多说，只问何时出发。

"八月十五夜。"

"放心，我绝不误事。"老翁拍着胸脯保证，小红放下两枚钱币作为定金，剩下的，等送到目的地如数奉上。老翁是千谢万谢。办妥了这件事，两个丫鬟又到街上店铺里给孙尚香买了些胭脂香粉，回去的路上，正好遇到孙权派来盯梢的小厮，那小厮拦住她们问："两位姐姐去铁瓮城，怎么去了这么久才回啊？"

"给小姐买胭脂香粉，是不是要精挑细选？"小红反问道，并有意抖了抖手上的香粉袋。小厮想凑过来闻，被小云一把推开。

　　回到家，丫鬟把钱袋和金钗交给孙尚香，孙尚香以为没有办成，脸上立即就露出愁容。

　　"小姐，你多虑了，事情办得妥妥的。"丫鬟小红一五一十把经过说给孙尚香听。金钗是她有心留下的，她在给老汉钱币时，就把金钗放到了小云身上，她和小云商定，不到万不得已，不押小姐的金钗。所幸，老汉并非贪婪之徒，他笑呵呵收了定金，发誓风浪再大，也会把小姐安全送到目的地。

　　孙尚香压在心上的一块石头落了地，只等八月十五夜里出发。

第六十三章 探望小乔

回荆州的日子已定下，孙尚香揪着的心也就打开了，她开始走出自己的世界，决定去看望小乔。她先派小泽给小乔送去了拜访帖。孙权知道妹妹去看小乔，也是一路开绿灯，让那些盯梢的撤退到远远的地方。

小乔已从娘家回到公瑾馆，穿一身黑衣裙，表情平静，看得出人已从悲伤中走出。无须雕琢的气质和流在骨子里的美依然令人赞叹！

小乔知道孙尚香来看她，早早等候在了门口。孙尚香的轿子一落地，小乔就迎了上去。

"郡主，辛苦你了。"小乔说着，用手去扶孙尚香。孙尚香喊了一声"姐姐"，眼泪就不由得涌出了眼眶。孙尚香习惯喊小乔姐姐，喊周瑜哥哥，因为在她心里，觉得和他们两个都很亲，亲得不分彼此，若喊小乔嫂子，感觉就生分了。小乔也乐意孙尚香叫她姐姐，周瑜活着时也是把孙尚香当妹妹看待。曾经哥哥姐姐成双成对地站在门口迎接孙尚香，而今就剩下姐姐一人。孙尚香想起之前来公瑾馆，周瑜携夫人笑语盈盈到门口迎接她的情景。那个英姿勃勃的帅气哥哥说没就没了！孙尚香本是准备来安慰小乔的，没想到自己到先落泪了。

"人已走了快两年，再想也想不回来了。"进屋，小乔给孙尚香沏了杯茶，然后叫丫鬟端来盘水果后，便坐下说话。

"想当初，我们真是无忧无虑。"孙尚香好容易才调整好心情。

"是的，那时你未婚待嫁，我喜得郎君。"小乔平静地说，语气中有对逝去岁月的追忆。孙尚香没有接话。停了停，小乔问："郡主这次回来有什么打算？"

"能有什么打算，回荆州呗。"孙尚香故作轻松地说。

"你还准备去找他！那人可是又娶了新欢。"

"姐姐，你怎么也这么说？"

"不是我要这么说，这是事实，娶进门的女人姓吴，是蜀地美女。"

"我不相信。"

"为什么？"小乔不明白，这是人人皆知的事实，孙尚香为什么就不相信呢！

"因为他说过，等取得益州就来接我的。"孙尚香沉浸在过往的痴情中。是啊！刘备信誓旦旦的话犹在耳边，他说得那么真切，换谁也不会相信，几个月的时间，他会彻底忘记。

小乔不再规劝什么，孙尚香又问了一些孩子们的情况，小乔说托吴侯的照顾，孩子们都很好。最后，两人各自喝了一杯茶后，孙尚香告辞。小乔送孙尚香到门外，临分别，孙尚香对小乔说:"姐姐,不久我就要回荆州,不能再来看你了,你自己保重!"

"你也保重!"小乔回说,然后张开双臂,两个楚楚动人的美人紧紧拥抱在一起,久久不愿松开。

第六十四章 联姻不成

孙尚香天天盼着重返荆州，眼看就要实现了，意想不到的事发生了：船工的船只被征调去运送军粮了。在中秋前夜，小红下山去找船工，那老翁就差给小红磕头了。他说真的对不住，他很想为小姐服务，只是最近吴侯要干一番大事，每条船只都被征调了，所有捕鱼者都不得私下捕鱼。

"那怎么成？你答应要送我们小姐走的。"小红说。

"我是答应了，可现在船不在我身边，即使有船，也走不了，因为夏口往荆州去的地方多了许多兵哨，渔船已经不让进了。"老翁说着，就掏出了之前的定金，"姑娘上次给的钱，我一分没动，现在还给姑娘。"见小红不肯收钱，他又说，"我知道违约是要赔偿的，但我现在拿不出钱，姑娘放心，一旦船只送回来，如果你们小姐还想走的话，即便月黑风高，我也会送她到目的地。"见老汉说得这么诚恳，小红也不好强求，谁叫现在是战事吃紧，全民皆兵呢！

回到小姐身边，丫鬟小红只有好言相劝，说心急吃不到热豆腐，不如痛痛快快过完中秋，以后再找机会离开。孙尚香想想也无其他办法，只有怀揣希望，慢慢等待。但是，谁想到，她等到的结果是关羽被东吴士兵杀害，荆州失守。

孙尚香一回到东吴，孙权就立即召开了君臣高级会议，会议的内容就是收回荆州。鲁肃原来对收回荆州是持保留态度的，但看到刘备在益州取得节节胜利，也就不得不重新思量东吴的安危。

"我们可以采取先礼后兵之策，从荆州守城将领关羽身上着手。"鲁肃向孙权建议。

"这也正是我所想的，不能把话柄落在别人手上。"孙权接过话头，转身对鲁肃说，"听说，关羽有一女待字闺中，正好我儿也未娶，你去跑一趟，若说成此事，就可兵不血刃收回荆州，倘若拒绝，就刀兵相见。总之一句话，收回荆州，壮大东吴，刻不容缓。"

在场的陆逊和吕蒙齐声道："讨回荆州，在所不惜。"孙权很欣慰将领们和他一条心，他命令鲁肃立即启程。

鲁肃领命而去，为了促成这段联姻，鲁肃给关羽特地带了一套自己珍藏多年的青铜酒具，此外，又买了两盒上好的东吴名茶——金山翠芽，然后，日夜兼程赶到荆州，直奔关羽府。

关羽正在为东吴私自把孙夫人接走而生气，没想到鲁肃倒作为东吴的使者来了。一见面，关羽未等鲁肃开口就盛气凌人地说："你们把孙夫人私自偷偷接回东吴，安的那个小心思，别以为我们不清楚。"

"关将军息怒，这其中一定有什么误会。"

"误会？哼！"关羽冷冷地用鼻孔"哼"了一声，并没因为鲁肃是东吴的大都督而给他好脸色看。

"耳闻关将军公正大度，今日所见，也不过如此。"

"别用激将法，关某我不吃这一套。"

"那你总该问问，我今天带着十二分的诚意来关府，所为何事？"

"估计也没什么好事。"关羽依然是不屑一顾的口气。

"此言差已，我是代表吴侯特地来和关将军攀亲的。"鲁肃赔着笑脸说，"关将军有爱女未嫁，我吴侯有令郎未娶，二人年龄相仿，郎才女貌，正好般配。"

"简直是做美梦，我的女儿怎么可能嫁给东吴鼠辈！"关羽想也不想，就一口拒绝。

"关将军有点高估自己了吧，好歹我们吴侯的儿子也是个王子，怎么在关将军的口中倒成了鼠辈！"鲁肃驳斥关羽。

"将门出虎女，高不高估，由我说的算，你请回吧！"关羽起身送客。鲁肃不想离开，继续坐着说："我是真心来成就一段良缘的。"说完，就把带来的礼物恭恭敬敬献上。

"不是我不给面子，请带上你的礼物，有多远走多远。"

"请关将军三思。"鲁肃掏心窝般地恳求。

"送客。"关羽看也不看，就唤卫兵送客。

第二天，鲁肃又去关羽府劝说，他以吴蜀联盟的大义为切入点，可谓苦口婆心，但关羽不为所动。

"难道关将军希望看到吴蜀联盟破裂！"鲁肃做最后的努力。

"你们想撕破，我们只有奉陪。"关羽的脸突然就涨得通红，感觉有怒气从脸上往外冒，"回去告诉孙权小儿，想在我女儿身上打主意，做梦！"

鲁肃无功而返，心生郁闷。他是多么想通过自己的努力，重修吴蜀裂痕，可是事与愿违，裂痕越来越大。刘备已另娶新欢，郡主无法回荆州；关羽又死不买账，不把吴侯放在眼里。诸多事宜积压在心头，他回到东吴后不久就病倒了。

孙权来看鲁肃，让他放宽心，说和关羽联姻不成，是关羽太过狂妄，子敬无须自责，将领们已摩拳擦掌，准备攻打荆州。鲁肃抱着病体，请求再去荆州一趟。

"你是想凭自己的不烂之舌要回荆州！"孙权看出了鲁肃的心思，他觉得希望渺茫，但他又不能给鲁肃的病体泼凉水。

"请吴侯再让老臣去试一试吧。"

"那好吧，等你病好了，再出发。这也是我们对刘备能做的最后的仁慈。"

孙权走后，鲁肃顾不得养病，第二天就出发了，到荆州后再次直奔关羽府。

"你怎么又来了，是不是这辈子你只会做媒，而且是个令人讨厌的媒人。"关羽取笑鲁肃。

"关将军错了，我这次不是来做媒的，是来要回荆州的。我们的郡主已回东吴，刘备又另娶新欢，因此，我们有理由要回荆州，毕竟荆州是郡主的陪嫁之物。"

"这话说得，好像攻打荆州没有我们蜀军的功劳。不要因为联姻不成就横生事端。"

"东吴无缘和关将军攀亲是可惜，但这并不是我们要回荆州的理由。这样，你派人到益州把刘备叫回，我要当面向他要。毕竟荆州不是你的，你也做不了主。"

"我把话撂在这儿，就是我哥哥刘备来，荆州也是寸步不让的，你就死了这份心吧！"

"刘备不会不明白吴蜀联盟破裂的风险。"鲁肃用吴蜀联盟即将破裂来暗示关羽。关羽哈哈一笑，说："还是那句话，有我关羽在，你们就别想拿回荆州。"

鲁肃失望而返，陷入了深深自责和患得患失中，他甚至看到了吴蜀为争夺荆州兵刃相见的场面，这是他最不愿看到的。可是，不兵刃相见，又怎能阻止刘备壮大，保证荆州是东吴的屏障？就这样，反反复复，纠结其中，痛苦万分，终于，身体抵抗不住，鲁肃带着一份遗憾离开了人世。

鲁肃死后，由主战派吕蒙接替了他的职位。

第六十五章 水淹曹军

刘备在益州站稳脚跟后,开始和曹操争夺汉中。为了取得汉中的胜利,刘备让关羽北上袭击曹军的后方,迫使曹操分散兵力,回援后方,从而削弱曹操在汉中的势力。关羽接到命令后,便安排南郡太守糜芳和将军傅士仁共守荆州。糜芳是刘备的大舅子,他的妹妹糜夫人是刘备的第一任夫人,已死于荆州战乱,但刘备对这位妻舅依然委以重任。傅士仁虽然不和刘备沾亲带故,但也深得刘备器重,有这两人看守荆州是最放心不过的了。关羽安排好荆州的守卫工作后,就带着大部队,浩浩荡荡地向襄阳、樊城进发,一路所向披靡,很快就攻破襄阳,又将樊城团团包围。樊城守将曹仁——曹操的从弟见关羽来势汹汹,只得坚守不出,同时派人去曹操那儿告急求援。曹操正在指挥汉中争夺战,接到告急求援信后,曹操一边叫曹仁坚守城池,一边急忙抽调人马,派左将军于禁为统帅、义将军庞德为先锋,统率七支精兵共三万人马前去樊城救援曹仁。樊城是曹操的大后方,如果失守了,那在前线的战斗都是白费。为了给樊城再加一道保险,曹操又依司马懿之计,派了一个巧舌善辩之士,给东吴送去了一封结盟的密函。司马懿是曹操军中的智囊,老奸巨猾,普天下唯有诸葛亮是他的对手。

很快,于禁和庞德率领的七支精兵就赶到了樊城。于禁是曹军的五子良将之一。庞德是曹操平定北方后,从马超部归顺过来的,勇冠三军,誓死要报答曹操的知遇之恩。当下,二位将领率兵在樊城北边十里的地方安营扎寨,只等关羽来,好打他个片甲不回。可惜,因于禁的固执己见,不顾庞德的反对,坚持要把营寨安扎在山谷里,此时正是秋季,又逢秋雨绵绵,一连下了十几天雨,下得襄水暴涨。这时,关羽也不急于攻城,一面调来水军集结待命,一面派廖化等人到上游筑堤堵水,直待水势涨到快漫出堤坝时,才一声令下,要将士们决堤放水。就见大水如山洪暴发,平地也起五六丈,倾泻而下,把曹军淹在汪洋中。这时,关羽带领的水军也乘船而下,把困在水中的曹军团团围住,箭如雨点似的朝他们射来,曹军死伤落水者无以计数。仓促间,扎营在山谷口的于禁趴在水里投降。庞德从山谷里的水中冲出,率领将士到一处高堤上避水督战,但水已漫上膝盖,庞德誓死不降,被杀。七支号称曹魏的精锐之师,约三万大军,除了死亡的,都成了关羽的俘虏。

关羽好不开心,准备乘胜追击,拿下樊城。樊城守将曹仁吓得胆都要破了,急忙命令士兵砍伐树木,加固城门,并再派探报飞马传书给曹操。位极人臣且久经沙场的曹操得知后,也惊慌失色。曹操一面紧急派徐晃领军去救援,一面准备退出汉中,迁都洛阳。

正待水势已退,关羽要一鼓作气,攻占樊城时,有手下慌张张来报：荆州告急。

荆州可不能丢，关羽答应过刘备，一定会替他好好守住荆州的。因此，接到告急书后，关羽就迅速撤下了准备攻打樊城的军队，曹仁看到关羽撤军，就想追，被参议赵俨劝住了。赵俨说："放走关羽，正好让他去和孙权相斗，如若贸然追击，将陷入吴蜀的交战中，何不坐收渔翁之利？"曹仁见赵俨说得有理，也就任由关羽带兵远去。

关羽是脚踏风火轮似的往荆州赶，走到麦城，却传来了荆州失守的消息。关羽不相信探报带来的消息，让儿子关平前去探个虚实。只见沿路都是溃逃的士兵，有个守护荆州南门的士兵，一见到关平，就扑通一声跪倒在地，说荆州已经失守。

关平把守兵带到关羽面前，那士兵哭诉着，说守城将领傅士仁和糜芳已开城投降，他是冒死从马白井逃出来报信的。

"该杀的傅士仁，该杀的糜芳！"关羽抽出青龙偃月刀，一刀就劈开了脚下的一块巨石。

"真该先杀了他们。"周仓咬牙切齿地说。

"父亲，我们现在怎么办？"关平相对比较冷静，他问关羽。关羽重重叹息一声后，传令退守麦城，伺机夺回荆州。

第六十六章 荆州失守

吕蒙接替了鲁肃的职位后,东吴一直在寻机夺回荆州,无奈关羽防守严密,找不出破绽,如果硬碰硬的话,东吴这边肯定要吃亏。可是,无限等待,又等不起,不能眼看着刘备做大做强而不管。孙权正为此事绞尽脑汁时,曹操派人送来了密函,这真是天赐良机。当即,孙权就热情款待了曹军使者,并表示愿意和曹操结盟。

没有曹军牵制,正好可以放手一搏。趁关羽带军北上抗曹,孙权和将领们悄悄谋划。陆逊向吕蒙献计:"关羽向来高傲,自恃英勇无敌,藐视我东吴,所虑者唯将军一人也。将军何不称病!"吕蒙依计而行,大张旗鼓地宣布自己病了。为了迷惑对方,孙权还特批吕蒙回东吴治病,颁布陆逊接防的告示。在关羽的脑海中,陆逊是个纸上谈兵的小将,对荆州构不成危险。于是,趁吕蒙和陆逊换防之际,关羽抽走了大批防守东吴的荆州守军,去攻打曹军,打得曹军落花流水,没有还手之力。可是,螳螂捕蝉,黄雀在后,就在这时,东吴发起了对荆州的袭击。

诸葛亮在汉中得知关羽把防守东吴的重兵抽调去攻打樊

城，惊掉了从不离手的羽扇，直呼荆州危已！但因远在汉中，又有曹军对阵，无分身之术，只有仰天长叹！

东吴讨回荆州是势在必得的，吕蒙得知关羽把军队抽走后，就立即亲自率领一支精锐水军，把他们藏在船舱里边，让摇橹的人都穿上白衣服，打扮成商人模样。沿途守军见了，装扮成商人领队的吕蒙就回说是商人沿江做买卖，风浪大，想借岸口停靠一下，然后，趁其不备，杀了守军。就这样，吕蒙带着他挑选的精锐水军突破江陵防线，进了荆州城。他们是从公安门进去的，一进去就控制住了门下守兵，城墙上的守兵想反抗，被吕蒙的精锐之师一箭射下。

"东吴大将军吕蒙在此，缴械不杀。"吕蒙的声音震耳发聩。这时，就见江面上东吴的战旗飘扬，喊杀声震天，原来陆逊已带着大部队杀过来。公安守将傅士仁一看，大势已去，也就乖乖放下了武器。

与其同时，镇守南门的将领糜芳听说公安城门已破，急忙派兵骑上一匹白马外出报信，但是被吴管家领去的士兵捉了个正着。这次出征，吴管家主动请战到陆逊军营，他给陆逊带来了一张自画的荆州城图，尤其把逃生口——马白井标注得很明确。为了以防蜀军外逃送信，陆逊安排了人马在此守候。果然，有人骑着战马想外逃送信，就见送信人刚出逃生口，连人带马就被套住了。马前腿跌入深坑，后退被绳索套住，前进不得，仰头长鸣，人滚落在地，吓得索索发抖。

"起来吧！没有人要你的命！"吴管家把外逃报信的蜀兵带到陆逊的战船上，陆逊对来人说："你回去，告诉糜芳，东吴十万大军已到，开城投降，保他不死，否则，叫他死无葬身之地。"

报信士兵只好返回城中向糜芳汇报，糜芳想：没有救兵，自己抵抗就是找死，再说公安门已破，守将傅士仁已降，不如效仿，保全性命要紧。于是，也高挂免战牌，挂上白旗，出城投降。

荆州城六个城门大开，东吴军队浩浩荡荡开进荆州城。进城前，吕蒙已定下爱民如子的策略，尤其关心蜀兵及其家属，吕蒙亲自慰问他们，没饭吃的发给口粮，没衣穿的发给衣服，生病的提供药品。这样，投降的士兵没有不说东吴好的。

有天，关羽派士兵装扮成普通百姓到荆州城来打探消息，结果那士兵回去后，把归顺东吴如何如何好，偷偷告诉了军营里的士兵。蜀军将士的心一下子就散了，谁也没心思再打仗。

"我们打仗不就是想有饭吃、有衣穿，病了有药治。现在这一切，东吴全给我们的家人了，我们干吗还打仗呢！"有士兵发出厌战情绪。

"要不，我们回荆州吧，和我们的家人生活在一起。"

士兵们相互鼓动着，在关羽组织部队准备重新夺取荆州的前夜，他们悄悄地跑掉了。

关羽手头的兵马越来越少，所剩只有三百余人（包括伤病员），而吕蒙的兵马已对麦城形成了重重包围。于是，关羽决定突围出去，到西川整顿兵马后再来决战。夜色中，关羽带兵从北门突围，这是唯一没有重兵围困的门。关羽明知路上有埋伏，却不得不走，因为麦城内已无粮草。一出北门,就听到吴军的喊杀声:"关羽突围啦!莫要放走!给我追杀!"

关羽领兵飞马疾奔,喊杀声消失在了奔驰的战马后,转眼间就走了二十余里。关羽正想喘口气,安抚一下饥饿的士兵,突然就见东吴将领朱然带着黑压压的人马从路边杀出。关羽横刀跃马迎战朱然,所幸仅三个回合就将朱然打得让开了道(关羽因一心想逃亡西川,并没察觉朱然是假败,故意放他走的)。

关羽带兵夺路而走,朱然就带兵虚张声势地在后追杀。终于摆脱了朱然的追兵,到了临沮,却又遭遇了东吴大将潘璋的阻击。潘璋得到的军令是:死战不放。但潘璋哪是关羽的对手,战到二十个回合,便不得不败阵让道。关羽是胜了,可他的手下经不起战啊,毕竟潘璋带的是两千精兵,再加之前和朱然所带三千精兵的遭遇战,关羽现在的士兵已所剩无几。关羽看了看手下,心如刀割,然后一咬牙,自己开路,让关平断后,只杀到罗汉峪。这是通往西川的唯一咽喉要道,两山夹峙,头顶一线天。关羽毫不犹豫,一马当先,走上了羊肠小道,没走几步,就听赤兔马一声长嘶,掉进了陷马坑。原来,马忠奉命带五百精兵在此设障埋伏。瞬间,赤兔马被绊马索套住,关羽被挠钩和铁索绑住。儿子关平前去相救,也被活捉,因不肯投降东吴,父子二人均被斩杀。可怜纵横疆场的盖世英雄,最后被东吴的一个无名小卒擒拿,不得不叫人唏嘘感慨!

东吴在这场荆州的争夺战中,取得的胜利是空前的。荆州终于回到了东吴的手里。

第六十七章 改道蜀地

孙尚香从管家小泽口中知道了荆州失守。

"这是为什么，为什么？"孙尚香不明白荆州为什么会失守，也不明白东吴为什么要对荆州发动战争。

小泽不敢再说话，丫鬟们也不敢多嘴。孙尚香焦急地问小泽，有没有阿斗的消息，阿斗要不要紧。于是，小泽就告诉她，阿斗在这之前，早被赵云护送去了蜀地。

"阿弥陀佛，阿弥陀佛。"孙尚香在心里念叨。

小泽前脚走，后脚陆逊就来了。陆逊有好长一段时间没见孙尚香了，但他无时不想着她，他一直记着孙尚香要他送她回荆州的事。以前荆州被关羽控制，他不便前往，现在荆州回到了东吴，他可以光明正大地带她去。陆逊兴冲冲来到北固山，就是想兑现暗放在心中的誓言，因此，一见面，他就乐不可支地问孙尚香什么时候去荆州。

"问这干吗？"孙尚香似乎忘了在陆逊面前说过要回荆州的话。

"郡主不是一直想回荆州的吗？"

"那是以前，现在回去还有什么意思！"孙尚香的眼里含着忧愁，她曾心心念念想回到荆州，可是现在那儿却没有了她的家。

"荆州回到了东吴，你不高兴？"陆逊看出了孙尚香的忧愁。

"有什么高兴的，它一直是东吴的，又没有跑。"孙尚香对城池的划分没有概念。

"如果郡主想去荆州的话，我随时可以带你去。"

"谢谢，现在不想了。"孙尚香很平淡地说。

"那你想去哪儿？"

"我想去的地方，你给不了。"

陆逊没有接话，他在思考孙尚香要去的地方，他想到了，但很快就被他在心里否定了。可残忍的是，孙尚香偏偏又说了出来："我想去蜀地，你能给吗？"

"你为什么总忘不掉他，我以为把荆州完好无缺地交给你，你会高兴，结果是你像变了一个人。为什么？"

"因为你们毁了我的家。"说着，孙尚香流出一串眼泪。

陆逊不知该怎么安慰她，呆坐在一边。孙尚香哭泣一番后，用手帕擦去泪水，然后对陆逊说："我的心就针尖那么点小，连我自己都装不下，将军还是请回吧！"

陆逊只当孙尚香是耍孩子脾气，又默默陪坐了一会儿才离开。

陆逊一走，丫鬟小红就忧心忡忡地问孙尚香："小姐，我们真的不回荆州了吗？"

"不回了。"

"那船工那儿？"

"你去回掉吧。"孙尚香对小红说。小红领命,刚转身走出两步,孙尚香又叫住了她。

"你回来。"孙尚香把小红又叫到面前,"容我想想。"孙尚香闭上眼,想了一会儿,对小红说,"你叫上小泽一块去吧。多带些钱币,要船工送我们去蜀地。"

"蜀地?小姐真去啊,那么远!"

"你怕远可以留下,就我一个人去。"

"我不是这个意思,我是担心小姐身体吃不消。"

"那也比在这儿煎熬干等好,你快去找船工,我一刻也不想等了。"

小红领命而去。

小泽从荆州回来后,一直跟着孙尚香,他三十出头,办事机警老练,不该说的话一句不会多说。孙尚香觉得他为人可靠,因此,丫鬟们不方便出面的事,她就交代小泽去完成。小泽下山是自由的,果然有他陪小红下山,孙权派来盯梢的人看见了只象征性地问一声。

"小泽管家下山啊?"有个盯梢的士兵客气地问。

"是的,听说山下新开了一家食品店,里面的糕点不错,给郡主去买一些。"小泽随口就编了一个理由。

"还带着小红妹妹!"盯梢的士兵打趣。

"就小红妹妹知道郡主的口味,不带她去不行啊。"小泽俏皮地回道。

盯梢士兵不知说什么好,于是,小泽趁热打铁地说:"放心,回头,我也带点给你们尝尝。"

"那敢情好。"盯梢士兵嬉笑着,任由小泽和小红远去。

被征调的船只已送回，船工正巴望着小红到来。寒暄两句后，小红交给船工一袋钱，船工不敢接，说上次已给过。

"那是去荆州，现在我们小姐要去蜀地了。"说着，把钱袋硬塞给船工。

"准备什么时候出发？"

"越快越好。"

"容我准备三天，因为路途实在是远，我要把船再加固加固，还得准备一些路上吃的干粮和夜间照明用具。"船工说的是实情。

"那好吧！"小红想了想，觉得三天时间不长，因为她们也有东西要收拾一番，这一去，不知何年何月才回。

爽快地敲定好日子后，小泽和船工约定了晚上出发的时间才离开，到街上一家糕点店，挑选了一些京果、芝麻糕之类的零食。上山时，老远看到盯梢的士兵，小泽主动招手叫他过来，给了他一袋京果。

"给你们的，拿去吃吧！"

"还真带吃的给我们啊！"那士兵乐得眉开眼笑，然后抱着一袋京果，乐不可支地往不远处——他的那些同伴面前跑，边跑边喊，"好吃的，好吃的。"

第六十八章 难舍母女情

就要走了,孙尚香感觉心里一下就轻松了起来。她决定去母亲那儿走走。已好久没主动去看母亲了,总是母亲派人过来传唤,孙尚香才机械性地过去给母亲请安,待不到一会儿,就借故离开。今天这是什么风,把笑语盈盈的孙尚香吹到了母亲跟前。

吴国太正在闭目养神,年纪大了,人容易犯困,听到女儿的叫唤声,吴国太以为自己是在做梦。

孙尚香又叫了一声"娘",吴国太睁开眼,看到果真是女儿来看她了。

"我的乖乖,娘还以为是在做梦。"吴国太赶紧坐直身子,紧紧拉住孙尚香,唯恐她转身走掉。

"娘,我给你捶捶背吧!"孙尚香一脸春风暖人的样子,吴国太松开手,欢喜得心里发甜。

"舒服吗?"孙尚香一边捶一边问。

"舒服,舒服。"吴国太笑眯眯地点头。捶好背,孙尚香又要给母亲捏腿脚。

"有丫鬟们呢,宝贝女儿还是坐下陪娘说说话吧!"

于是，孙尚香就开开心心地坐在母亲面前，陪母亲说话，一直到傍晚。吴国太见女儿没有要走的意思，就要丫鬟通知厨师，下两碗面。不一会儿，丫鬟把面端上来了，孙尚香扶母亲到桌边坐下。

"是面条啊，太好了，我就爱吃面条。"孙尚香露出孩子般的欢喜。

"娘知道你爱吃面条，但吃面条的另一层含义，你知道吗？"吴国太问。

孙尚香摇头，说不知道吃面还有什么含义。

"那就是常来常往。"

"哦，知道了，常来常往。"孙尚香跟着念了一遍。

"看你这么快乐，为娘我真是高兴。"吴国太放下筷子，看孙尚香吃，"以后，你天天过来，娘叫厨师做各种不同的面食给你吃。"

"那还不得把我吃成大胖子啊！又是排骨又是长鱼的，还有香干豆芽韭菜，简直就是一碗小火锅。"

"娘就是想把你补胖，看你这段时间瘦的。"说着，吴国太心疼地捏了捏孙尚香的胳膊。

孙尚香埋头吃面。

"娘从没有像今天这般开心，你要记住：只有你快乐了，娘才会感到快乐。"

孙尚香继续埋头吃面，不经意，眼泪落在了面条里。好不容易控制住情绪，立刻把一碗面吃完。孙尚香告辞的时候，吴国太对她说："人老了，脑子里装的就剩儿女。你哥是忙大事的，我不指望他天天来，倒是你，一天不来，娘的心里就空落落的。"

"我知道了，以后常来看娘就是了，看到你烦我为止。"孙尚香宽慰母亲，母亲不舍地目送女儿离开。

第六十九 挂孝伐吴

关羽的死讯传到了四川，刘备和张飞的悲痛是难以言表的，他们虽是结义兄弟，却胜似亲兄弟。张飞痛不欲生，借酒浇痛，高嚷着要给关羽报仇，他限令所属三军三日内置办成白旗白甲，挂孝伐吴，否则军法处置。负责置办的两个军校头带领将士忙得两天没合眼，也没完成一半，于是，就斗胆向张飞提出三日内难以办齐，请求宽限时日。但遭到了张飞的暴打，并责令他们限时办好。被打的两个部下怀恨在心，当天夜里，他们乘张飞喝得酩酊大醉、睡在床上时，将张飞杀害了。可怜千军万马中如探囊取物的英雄，还未出征就死在了自己的士兵手里。刘备血泪沾襟，强压住痛失关羽，再失张飞的悲痛，不顾诸葛亮劝阻，亲自统帅大军出川为关羽复仇。

东吴这边早得到探报，知道刘备统率大军，披麻戴孝向东吴复仇而来。孙权紧急受命镇西将军陆逊为大都督，派陆逊统率五万大军前去抵挡。

接令后，陆逊立即率兵出荆州，到夷陵一带沿江设防。远远就见刘备率领的军队，铺天盖地地沿江而下，那复仇的气焰比水流还急。夷陵守将孙桓率部前去迎敌,已被蜀军打得退守夷道,出不来。如果此时正面交锋,吴军一定不是蜀军的对手,陆逊让朱然带领先头部队在猇亭进行试探性的阻击后,就往山里撤,以避其锋芒。

蜀军士气正旺,见有人阻击,就拼命冲杀,吴军丢盔卸甲地往山里撤,蜀军就弃舟登岸往山里追。第一批吴军被追得落荒而逃;第二批吴军上来阻挡,没打几个回合,也落荒而逃;蜀军再追,又有一批吴军出来应战,但总是敌不过蜀军。就这样,蜀军一路追打吴军,直追出七百里,累得疲惫不堪,最后,只得在一处小山坡下的一片树林里安营扎寨。

他们不知道,吴军的大部队就埋伏在山坡那头的不远处,就等刘备来,好一举歼灭蜀军。

到傍晚时,刘备带着一队人马来了,刘备累得不行,但因是主帅,他还是强打着精神。他对将领们说,这样追着吴军打不是事,要直捣东吴的老巢,先灭了孙权。将领们觉得刘备说得有理,就说等休整一天,让士兵们恢复一下体力后,再改道,重新走水路,直捣东吴老巢,活捉孙权,给关羽和张飞报仇。刘备把张飞的死也算到东吴头上,他说张飞是因关羽的死,悲愤不过才去责难部下的,如果关羽不死,怎么可能有张飞的死。孙权这个和刘备势不两立的冤家,一下就夺走了刘备的两个胜似亲兄弟的兄弟,这份天大的仇恨就像石磨一样压着刘备的心,如果此刻面对孙权,刘备一定不会手软。刘备的心里塞满了仇恨,他的手下自然清楚。

当晚,他们就在营寨里歇息。刘备是睁着眼看着营外,到下半夜，实在困乏得不行，才闭上眼躺下。

　　但是，这会儿，在不远处吴军的营帐里，陆逊正在布置作战方案。他早就迫切地想和刘备决一生死之战了，他想：即便不为东吴，为了孙尚香，也要和刘备决一死战。刘备一个不守信诺的人，凭什么有了新欢，还要霸占东吴郡主的心。看我不灭了他的气焰，斩断郡主对他的念想。在看到刘备乘着战船、披着孝服出川的那刻，陆逊就想迎上去，和刘备拼个你死我活，但他克制住了涌上来的冲动，因为他是大都督，他手上有五万将士的性命，他不能拿将士的性命开玩笑，他更不能任由刘备奔袭到东吴的京城。他要把刘备和他的部队引到山里，引到他设的埋伏圈里。就这样，陆逊用假装败退，把蜀军和刘备一步步引到了他的埋伏圈。

　　陆逊命令吴军将士，除了带着作战的武器外，每人持一把沾油的茅草，乘夜色到蜀军营寨，点燃茅草，火烧蜀营；又下令给朱然，要他到军中挑选五千名百发百中的弓箭手，到时将装有硫黄和硝石的火箭一并射向蜀军大营和他们停在江面上的船只。

　　刚眯了一会儿，刘备就被外面的喊杀声惊醒，再一看，营地里火光冲天，慌张张爬起的士兵们像没头苍蝇似的到处乱跑，可是左冲右撞全是火，四十座营帐无一幸免。原来营寨是由木栅筑成的，其周围又全是树林、茅草，一旦起火，瞬间烧成一片。蜀军好不容易逃出火海，又遭到等候在外、严阵以待的吴军射击，于是蜀军溃不成军，死伤者不计其数。蜀军将领张南、冯习阵亡，张南和冯习都是此番刘备率军出征的先锋官。刘备在手下的拼死护卫下，逃到了江边，只见江面火光冲天，哪还有什么船只，早烧成了火龙！刘备的眼泪忍不住流了下来，顾不得擦去泪水，只得往山里奔逃，直逃到夷陵西北的马鞍山，靠山险立住了脚，把溃散的蜀兵收拢到了一起，准备和陆逊决战。无奈蜀军见陆逊集中兵力，四面围攻，一下就丧失了战斗意志，死的死，降的降。又是靠手下拼死护卫，刘备才得以冲出重围，好不容易逃到巫县，又遭遇东吴年轻小将孙桓率兵拦击，这是始料不及的。就在不久前，孙桓还被刘备的部队围困在夷陵城，因为刘备此次出征的目是夺回荆州，为关羽复仇，故而没有下死令攻城。当刘备的军营着火，围困孙桓的吴班救主心切，便撤下军队赶来救刘备。吴班一撤军，孙桓就杀出了城。当吴班在大火连天中寻找刘备时，孙桓却溯江而上到秭归，然后从另一条山路赶到巫县，设下埋伏。孙桓是孙权的族侄，被孙权称为"宗室颜渊"，刘备迎娶孙尚香时曾见过他，那时他还是个十二三岁的孩子，想不到转眼间，这个当年的小孩就成了一名英姿勃发的将军，还差点要了刘备的命。刘备愤恨地叹息道："想当初，我初到京口，桓还是个小儿，而今却将我逼到了如此绝境的地步！"

刘备被孙桓拦击后，大将傅彤极力护主，左冲右突，经过一番苦战，手下士兵全部阵亡，傅彤被杀。就在刘备成为一个光杆司令，不得不抽出宝剑和孙桓正面交战时，吴班率残部来了，与此同时，吴军朱然也率部追来。一阵混战后，蜀军又死伤一片。刘备是又气又急，有点力不从心，再看孙桓是越战越勇，吴班有心来保护刘备，却被朱然拖住。刘备想：今日此命休矣！危难中，幸亏赵云奉诸葛亮之命，带领后备军赶来接应，刘备才得以脱险，逃到白帝城。

为防吴军追击，赵云下令在山道口焚烧携带的装备，一时间，白烟四起。陆逊赶来，看到山道狭窄，浓烟滚滚，再登高一望，里面有股杀气，似有千军万马。贸然进去，恐遭埋伏，陆逊这才要孙桓停止追击。

第七十章 欲哭无泪

孙尚香正计划着去蜀地找刘备,她想刘备不来接她,一定是公务缠身。他忙得走不开,只有她去找他了。行李已收拾好,装在一个大木箱里,这次,孙尚香把做姑娘时穿的衣服和头饰也一起带走了,因为此去,回来的机会就很小了,她知道哥哥和刘备不和。一边是血缘相连的亲哥哥,一边是托付终身的丈夫,她偏向哪一边都不是。她想保持中立,过自己的小日子,把阿斗带大。当初出嫁时,哥哥把荆州作为陪嫁给了她,她心里一直是欠哥哥的,现在好了,荆州回到了东吴,她和哥哥两不相欠,可以过自己的安稳日子了。

孙尚香要丫鬟再帮她检查一下衣物,看还有什么遗漏的。两个丫鬟又在屋内各处翻找了一遍。

"小姐,就差这个瓷娃没带了。"丫鬟小云从梳妆台盒里拿来一个扎着小辫子的瓷娃。

"那是我特地留下,给母亲的。"孙尚香说。这个瓷娃是她刚来东吴时,母亲给买的。那天,马车穿过铁瓮城,孙尚香一下就被街上的瓷娃吸引住了,吵着要那个娃娃,马车已开过去，母亲又叫车夫转回头，给女儿买了这个瓷娃。

"我太喜欢了，谢谢娘。"孙尚香在母亲脸上亲了一下，然后就拿着瓷娃不松手。

母亲笑着对她说："细看，这瓷娃眉眼间还有点像我的宝贝女儿呢！"

"她就是我。"孙尚香咯咯地笑着，抱着瓷娃亲吻不已。

孙尚香舍不得母亲，她思来想去，只有请瓷娃代替她陪伴母亲了。

"替我好好陪伴娘，不要惹我娘生气！"孙尚香对瓷娃说，"我会想你的。"她又在瓷娃脸上亲了亲。

现在一切都准备好了，就等月亮升起。孙尚香心情大好地在院里院外走了一圈，她要把这里的一切珍藏于心底，永不忘却。

日落的余晖染红了山峦，直待晚霞退去，夜幕降临。孙尚香要丫鬟小红到山门口再去看看天色。就在这时，小泽匆匆跑了回来，说蜀地去不了啦，前面正在打仗，荆州一带，水路已封锁。

"谁和谁打？"孙尚香问。

"刘备找东吴寻仇来了，陆逊已奉吴侯之命带兵前去阻击。"小泽把自己知道的和盘托出。

孙尚香跌坐在地上，丫鬟见状，赶紧上前把孙尚香扶到凳子上。

"郡主，你也别急，等战事缓缓，要走，还是能走的。"小泽宽慰孙尚香，说他刚去船工那儿问了，船工说了，水路一解封，他就来接送小姐，要小姐再耐心等待几天。

"我一分一秒也等不了，你去和船家说，要他先送我到荆州。"

小泽去了，但很快就回来了，他说船工不敢冒险把小姐送到荆州，因为战事不明朗，荆州已封城，普通人是进不了荆州的。

孙尚香欲哭无泪。

"小姐，现在也许只有吴侯能帮你。"丫鬟小红的话提醒了孙尚香。是啊，为什么不去求一下哥哥呢！自从被哥哥骗回东吴，孙尚香心里一直记恨哥哥，不想和哥哥多说话。但是现在两军交战，她只有求哥哥把她带到前线，她多么希望自己有能力化解这场战争，因为她不想看到任何一方有伤亡。尤其是刘备和陆逊，他们一定要好好的。

第七十一章 管家许诺

孙权听说孙尚香来找他,尽管自己被战事所烦,还是暂且放下了一切,亲自到门口来迎接。

"是什么风把我妹妹吹来了。"孙权笑着迎候孙尚香。

"恶风。"孙尚香没有一点笑意,她心里已经不记恨哥哥了,可一见面,恨意又忍不住冒了上来。

孙权也不计较,给妹妹让座、沏茶,还要吴管家端来孙尚香最爱吃的草莓。

"我要去荆州,你派人送我去。"孙尚香开门见山。

"那还不是一句话,等战事结束。"孙权说。

"我现在就要去。"孙尚香固执地说。

"那不行,荆州一带正在打仗。"

"我不怕。"孙尚香说,"我就是要到前线去。"

"你有几个脑袋?要上前线。"孙权劝阻妹妹。

"你派陆逊去,为什么就不能派我去。"孙尚香不依不饶。

"人家是将军,是东吴的大都督。"孙权说。

"你别忘了我是东吴郡主,是刘备的妻子,我有权参与他们的对阵。"

"我的好妹妹,你就醒醒吧!刘备已另有新欢,他这次是来要你哥哥命的。"孙权声色严厉地说。

"你不是好端端坐在这儿吗？"孙尚香认为哥哥的话过于危言耸听。

"那是有陆将军带着东吴的将士在前方拼死抵挡。"

"你不出尔反尔地争夺荆州，会有这事吗？"孙尚香气愤地说。

"没看出，我妹妹这么快就学会了吃里爬外。"孙权有点生气。

"是你逼的。"孙尚香说着，便哭了起来。

"好了，哥没时间和你理论，等战事稍缓，哥亲自送你去荆州。"说完，就要吴管家送孙尚香回北固山。孙尚香哭得像泪人一样。

"郡主，消消气，我送你回去。"吴管家心疼地说。

"不稀罕你送。"孙尚香走了出来。孙权努努嘴，吴管家追出来送孙尚香回家。吴管家不忍心看孙尚香哭泣，路上，他向孙尚香许诺，说等再过两天，他亲自找条小船送孙尚香去荆州。在吴管家看来，荆州已回到东吴手里，孙尚香过去，见不到刘备，自然就死心了。

"是真的吗？"孙尚香眼里闪着泪花。

"我什么时候骗过郡主！"

孙尚香想想也是。

送到山门口，就不能再往上送了，吴管家站下来，郑重地对孙尚香说："郡主，你就耐心在山上等着，我把船准备好，就上山来接你。"

孙尚香用劲点点头，似乎重新看到了希望。

第七十二章 以死相随

两天后,吴管家准备好船只上山来接孙尚香,同时他也带来了刘备兵败退守白帝城的消息。

刘备退到白帝城后一病不起,恼羞于夷陵惨败:不但没报了仇,反而损失惨重,让部队大伤元气。刘备是气恨难消,又因在夷陵之战中过度消耗了体力,很快便病死在白帝城。

这真是晴天一霹雳!刹那间,孙尚香感觉自己的整个心肺都被掏空了,她无法排解哀思。她要丫鬟去铁瓮城,把所有的白布都买来,在房内和廊下,凡是她所到之处,全部挂上白布。最后,她一身素裹,来到北固山后山峰的祭江亭,对着蜀地白帝城的方向,一边祭拜,一边泪流满面地哭喊:"夫君啊——"孙尚香哭喊着,在北固山甘露寺成亲的种种恩爱,以及荆州两年,刘备对她的百般宠爱,同时涌现到眼前。可是别后独守空房、撕心裂肺的思念,又有谁知!

孙尚香祭奠一番,哭泣一番,到后来,竟木雕似的站在悬崖边,一动不动。她突然有了一种执念:活着时,夫君遥在异地,无法相见;死了,倒可以逆江而上,追随夫君。这么想着,她在祭奠完毕,趁丫鬟们收拾碗碟时,便纵身跳入山崖下的滚滚江水。

"救命啊——救命,小姐跳江了。"小红和小云两个丫鬟哭喊开来。

喊声传到了安宁宫。

"外面谁在喊救命。"吴国太问,她隐隐听到了喊声,她让丫鬟出去打探。丫鬟刚一出门,就听到后山传来喊声,于是,赶忙进去禀报。吴国太听说是自己女儿出事了,立即跌跌撞撞、拼着老命往后山跑。这时,山头上已聚集了许多人,小泽已带人下水去营救,吴国太望着滔滔江水,老泪纵横:"女儿啊,我的女儿——"吴国太哭喊着,若不是丫鬟们抱得紧,吴国太也跟着跳下江了。

孙权也闻讯带着守城士兵赶来了,是走在半山腰的吴管家听到山上的喊声后,一面安排曾经盯梢孙尚香的士兵下水去营救,一面以最快的速度去给孙权报信的。孙权命令将士们要不惜一切代价救援孙尚香。就在大家紧急打捞时,陆逊凯旋,听闻孙尚香跳江的消息后,惊得差点从马上掉下。

"快,北固山。"时间就是生命,容不得多想,也容不得悲伤,陆逊立即镇定下来,带领将士们火速赶到孙尚香落水处。

孙权已从山上下到山底,在船上指挥打捞,看到陆逊带着将士们赶来,失神的眼里露出了一点光。

"我妹妹不会被激流冲走的,下令士兵们要不惜一切代价打捞。"孙权对陆逊说。

"领命!"陆逊哽咽着,他也不相信孙尚香会被激流冲走。于是，在陆逊的指挥下，或潜水，或布网，或用竹竿，或驾船击流，几千士兵密不透隙地并排打捞，一直打捞到下游入海口，也没有打捞到孙尚香的尸骨。

"苍天啊——"陆逊仰天疾呼。这位青年才俊、常胜将军，穷其一生去爱，却爱而不得，心中的悲愤和伤痛又岂是这波涛翻滚的江水能比！

几天后，在上游安徽芜湖蛟矶一带的江面上，有人看到了有位素衣飘飘的女子，等众人赶过去打捞时，却未见女子的踪影。

祭江亭还在，英雄已归，美人已去。滔滔江水，淘不尽英雄美人泪！

附录　京口北固山上的爱情

广义上讲，京口就是镇江。京口作为镇江地名，最早起源东汉末年，东汉名将孙策派孙河领兵镇江，在今北固山东侧开凿京口河，因为这条京口河道的形成，镇江改名为京口。狭义上讲，京口是镇江市内的一个区，它西临运河，背靠长江，地处长江和京杭大运河交汇处，"天下第一江山"——北固山，就在京口。

滔滔江水流不尽，千古悠悠历史情。

孙权把都城从苏州迁到京口后，母亲吴国太和妹妹孙尚香自然都跟了过来，孙尚香待字闺中，不便出去，常常趴在闺房内窗户边，俯瞰铁瓮城里繁华景象。一次，她正俯瞰山下，却见乔国老带着一位双耳垂肩，双手过膝的男子上山来，孙尚香突然感到一阵脸红，这是她第一次近距离细看一位陌生男子，羞得她赶紧把窗帘拉上。

来人是刘备，他是特地从荆州赶来和孙尚香成亲的。乔国老是刘备聘请的媒人，此刻正把刘备带往甘露寺给吴国太看。得知女儿要出嫁，吴国太大吃一惊，因为她这个当母亲的还蒙在鼓里。于是赶紧把儿子孙权叫过来盘问，原来成亲是假，孙权是想以妹妹为诱饵，要回荆州，这可把老太太气得不轻！但是想想儿子是为了江山，也就稍稍平息了怒气。可女儿终究也是母亲心头肉，哪能稀里糊涂就牺牲女儿的幸福呢！吴国太思量一番后说："我去相亲，相中了，你不可动刘备一根毫毛，相不中，随你怎么处置他。"

说完，吴国太便到甘露寺会客厅坐下，这时，孙权早传令刀斧手埋伏在门窗后，一旦母亲替妹妹相不中刘备，刀斧手立即就会拿下刘备。谁料，吉人自有天相，当乔国老把刘备领进会客厅，刘备垂手而立时，吴国太见刘备天庭饱满，一副帝王相，当即就拍板把女儿许配给了刘备。

成亲的时候，老人家还派兵一步不离的保护刘备，直到入洞房，孙尚香让士兵撤离，刘备才惶恐地走进洞房。孙尚香满目含羞地看着刘备，心里像装了蜜，早步入中年的刘备取得如此貌美如花的年轻女子，更是喜形于色，之前的愁云与紧张，抛到了九霄云外。

大丈夫，除了美人，也爱江山。在东吴待了3个月，刘备就想回荆州，可是，孙权派人盯得紧，无法脱身，他便借故去江边祭祖，由赵云护卫，准备乘船而返。刚到江边，东吴的追兵就赶来了，情急之下，刘备只得向孙尚香和盘托出成亲的原委，孙尚香一边呵斥士兵，一边用身体护着刘备，这时，芦苇丛中划出20多条接应刘备的船只，但东吴的追兵不断，孙尚香毫不犹豫，护刘备登船，随后，自己也跳上了蜀兵的船。

两年后，刘备西征入川，孙权谎称母亲病重，把妹妹接回了江东，从此，孙尚香和刘备一直分居两地。直到关羽失荆州，被东吴将领杀害，刘备不顾诸葛亮劝阻，统帅大军为关羽复仇，惨败，退回白帝城，不久便病死在白帝城。孙尚香得知刘备病逝的消息后，一身素裹，来到北固山后山峰的祭江亭，对着蜀国白帝城的方向，一边祭拜，一边泪流满面的念叨刘备："夫君啊——"孙尚香哭喊着，在北固山甘露寺成亲的种种恩爱，以及蜀地两年，刘备对她的百般宠爱，同时涌现到眼前。可是别后独守空房、撕心裂肺的思念，又有谁知！

　　孙尚香祭奠一番，哭泣一番，到后来，竟木雕似的站在悬崖边，一动不动。她突然有了一种执念，心想：活着时，夫君遥在异地，无法相见；死了，到可以逆江而上，追随夫君。这么想着，在祭奠完毕，趁丫鬟们收拾碗碟时，便纵身跳入山崖下的滚滚江水。等孙权闻讯赶来，妹妹早被北固山下的激流冲走，但他不死心，还是派士兵们下去打捞了一番，无果，打捞的人一直行船到下游入海口，也没有打捞到孙尚香的尸骨。几天后，在上游安徽芜湖一带的江面上，有人看到了有位素衣飘飘的女子，等众人赶过去打捞时，却未见女子的踪影。

　　祭江亭还在，英雄已归，美人已去。滔滔江水，淘不尽英雄美人泪！

刘晚春
2020年8月6日

后　记

　　历经一年有余，经过四次大的修改，《孙尚香传奇》终于完稿，这其中离不开《作家文选》网站编辑成文老师的指导。可以毫不夸张地说，如果没有成文老师的鼓励和督导，就不可能有我这部《孙尚香传奇》。

　　说来纯粹是偶然，2021年4月27日，我往镇江自媒体《作家文选》邮箱投了一篇1500字的《京口北固山上的爱情》稿件，此文是2020年8月6日为参加京口故事征文而写的，但是落选了。收到稿件后，成文老师通过邮箱给我做了回复："收到。还可以再发挥发挥吗？来个故事新编？"我看后，一笑了之。心想：纯粹是发得玩的，用就用，不用也无所谓，又不拿稿费，再说网站受众也不是很多（开办才半年），谁愿意再花精力去编写自己落选的文稿呢！但是，到5月6日，成文老师加了我的微信，并主动给我发来一段话：

　　你的《北固爱情》立意很好，为镇江又添一段佳话。只是没有创新，难以打动读者。前几天我曾在邮箱留言，未见回复。今天看到小李探花一篇《刘备孙尚香离婚》，虽然是借比尔·盖茨说事，但从文艺创作的角度看，不落俗套。雪泥女士是否愿意做新尝试？

与其同时，他把小李探花写的那篇文章也发给了我。我被成文老师的真诚打动，客套地回了句：谢谢！我尽量试试吧！

平心而论，谢谢是真。尽量试试吧！有点小和尚念经，因为一放下手机，我就把故事新编丢到了脑后。

但是第二天早上，成文老师又给我发来了一段文字：

镇江有华山畿、白蛇传、望仙桥，都是爱情元素，但是写北固孙刘爱情的，你可能是第一人。（韩世忠与梁红玉的爱情也少有人写），原因大约是这属于政治联姻，阴谋才是看点。你如果能够反其道而行之，以女性作家的独特感悟，写出孙尚香的复杂心理活动，当是镇江人期望中的佳作！

我完全被成文老师的真诚和作为编辑人的责任心打动了。于是毫不犹豫地回复他："谢谢您的鼓励，我尽量修改完稿。"

成文老师回说："长一点不要紧，我们可以分段连载。"我开心地笑了，突然有了写作的冲动。

到5月24日，我完成了修改稿，约1.8万字，发给成文老师。他说："粗粗看了一遍，胚子有了！你是在做一件善事！等仔细阅读后，再和你交换意见。"晚上6点半左右，成文老师给我发来了一段话：

好文不嫌长。5万字无妨，可以做"连载"。孙刘联姻与白娘子、七仙女、华山畿不同的看点是争夺天下的政治，是智慧绝顶的阴谋，但孙尚香的投江又饱含英雄妹妹与枭雄的真情碰撞，是人性与权谋的难解纠缠。倘能充分展示，即为京江经典！孙尚香与赵云的打斗创意甚好！赵云应是孙尚香的佳偶，但刘备才是偶像。此处不经意间赵云成为衬托，妙！

如此，我只有花时间慢慢写了。他叫我不要着急，并建议把题目改为"故事新编""传奇"或"传"。

我让他暂且放下不要连载，我准备去荆州考察一下，换个风格，再添些内容，重写。他很高兴，直朝我竖大拇指。随后，他又转发了一篇吴志阳写的《孙尚香的无奈》给我，这篇文章对我的启发很大，我更加坚定了孙尚香和陆逊之间的爱情。

到6月底，我已写出了5万字，但为了更好地写出孙尚香的生活，我于7月6—8日，冒着酷暑，只身前往荆州寻访。荆州的古城墙保存得比较完好，独步在城墙下，一边寻访，一边思索，三国时的情景飞絮般飘来。荆州城墙很长，我花了两个半天的时间才走完，后来，我又乘坐环城观光车走了一圈，并向当地人打听孙尚香的故事。回来后，我奋笔疾书，一口气把稿件从5万字扩到了11万余字。发给成文老师后，得到的回复是：

用两个下午，粗粗看了一遍。架构很好，有情有义，有血有肉，丰满。不简单！可以在"精炼"上花点功夫，争取与《白蛇传》媲美。

和《白蛇传》媲美，谈何容易！我懒惰了，不想再花力气了。但是，中秋节的时候，成文老师又给我发来一段文字：

很挂念你的《孙尚香传》。其中有几处用语，如：银圆、蜀汉，均与时代不符，望斟酌。

多么平易近人的话语，我真佩服成文老师，每次都在我决定要马马虎虎定稿，不想再投入精力时，送来这般润物细无声的话语。于是，我不得不耐下心来，再花些力气修改文稿。最后一次把修改稿发给他后，等到的回复是：

12万字，体量不小。用一个下午粗略看了一遍。感觉总体成功，以孙尚香为女一号，我认为路子对头，把阴谋剧改编成了情感剧，少了戾气，多了儿女情长。不愧女作家笔端细腻！合肥逍遥津失败、关云长单刀赴会等戏份似嫌偏重，冲淡了孙尚香的独立形象，可长话短说。

荆州城实地踏勘了？描写到位！对人物心理描写起到了衬托作用。

第二天，他给我发来了一则书讯，说准备12月1日将我的作品在《作家文选》网连载。

赶在连载前，我又将作品进行了修改，这次完全是自觉自愿的，我把作品精简到了10万余字，和书讯统一，也把合肥之战和关羽赴会的戏份进行了修剪，尽量把笔墨放在主人公孙尚香身上。

作品连载了28章，反响强烈，得到了许多老师的认可和指点，也收获了一大批粉丝，尤其催人奋发的是，有陌生网友辗转发来消息，寻购该书。谢谢关注《孙尚香传奇》的所有老师和朋友，认识的或不认识的，在该书连载期间，我一面同步修改，一面如沐春风。感谢"作家文选"这个高尚的致力于文化传播的平台，给了我一次展示自我的机会，更感谢编辑们不图回报的辛劳。12月3日，应成文老师的邀请，我有幸聆听了一堂扬州评话传人黄俊章老先生的《北固山传奇》评话，深有感触。于是围绕北固山，又增加了三个章节，很好地诠释了留在北固山的典故。

这是一部饱含热泪完成的作品，也是带着满满爱意抒写的作品。最后，我要再次对成文老师给我的鼓励和帮助，说一声：谢谢！对参与此书校对的所有编辑说声：谢谢！

刘晚春

2022 年 9 月 16 日